Attache-Moi

Capture-Moi : Volume 2

Anna Zaires

♠ Mozaika Publications ♠

Ceci est un roman. Les noms, les personnages, les lieux et les événements ont été imaginés par l'auteur ou sont utilisés de manière fictive et toute ressemblance avec des personnes réelles, vivantes ou non, avec des entreprises existantes, des événements ou des lieux réels est purement fortuite.

Copyright © 2015 Anna Zaires et Dima Zales
www.annazaires.com/french.html

Tous droits réservés.

Aucun extrait de ce livre ne peut être reproduit, scanné ou distribué sous forme imprimée ou sous forme électronique sans la permission expresse de l'auteur sauf pour être cité dans un compte-rendu de presse.

Publié par Mozaika Publications, imprimé par Mozaika LLC.
www.mozaikallc.com

Couverture: Najla Qamber Designs
najlaqamberdesigns.com
Photo: Lindee Robinson Photography
Modèles: Sarah Stroven and Adam Stroven
Sous la direction de Valérie Dubar
Traduction: Julie Simonet

e-ISBN: 978-1-63142-157-0
Print ISBN: 978-1-63142-158-7

PREMIÈRE PARTIE : SA CAPTIVE

CHAPITRE UN

❖ YULIA ❖

Prisonnière. Captive.

Alors que je suis clouée au lit sous le poids du corps musclé de Lucas, la réalité de ma situation m'apparaît plus clairement que jamais. Mes poignets sont attachés au-dessus de ma tête et mon corps est envahi par celui d'un homme qui m'a menée à la fois en enfer et au paradis. Je sens la verge de Lucas se ramollir en moi et mes yeux brûlent de larmes contenues tandis que je suis allongée là, le visage tourné pour éviter de le regarder.

Il m'a prise et une fois de plus je l'ai laissé faire. Non, je ne l'ai pas seulement laissé faire, je l'ai pris dans mes bras. Tout en sachant à quel point mon geôlier me déteste, je l'ai embrassé de mon plein gré en m'abandonnant à des rêves et à des fantaisies qui n'ont pas leur place dans ma vie.

Je me suis abandonnée à mon désir pour un homme qui me détruit.

J'ignore pourquoi Lucas ne l'a pas encore fait, pourquoi je suis dans son lit au lieu d'être suspendue et torturée dans un hangar, brisée et ensanglantée. La situation où je suis n'est pas celle à laquelle je m'attendais quand les hommes d'Esguerra m'ont conduite ici hier et que j'ai réalisé que l'homme dont je croyais avoir causé la mort était encore en vie.

Il est vivant et il est déterminé à me châtier.

Lucas bouge légèrement au-dessus de moi et se soulève un peu si bien que je sens l'air frais de la climatisation sur ma peau humide de sueur. Mes muscles intimes se contractent quand sa verge se retire et je m'aperçois que j'ai vraiment mal entre les jambes.

Je serre la gorge, et mes yeux me brûlent de plus belle.

Ne pleure pas. Ne pleure pas. Je me répète cette phrase comme un mantra en m'obligeant à contrôler mes larmes. C'est plus dur que cela ne devrait l'être et je sais que c'est à cause de ce qui vient de se passer entre nous.

De la douleur et du plaisir. De la crainte et du désir. Je n'ai jamais imaginé que cette combinaison puisse être aussi dévastatrice, jamais réalisé pouvoir rebondir après avoir plongé dans les abîmes de mon passé.

Je n'ai jamais imaginé pouvoir jouir immédiatement après m'être souvenue de Kirill.

La seule pensée du nom de mon entraîneur me serre encore davantage la gorge, ces affreux souvenirs menacent de refaire surface.

Non, arrête ! N'y pense pas.

Lucas se remet à bouger, il lève la tête et je pousse un soupir de soulagement quand il détache mes poignets et se dégage. Je commence à avoir moins mal aux yeux et je respire à pleins poumons, j'en avais bien besoin.

Oui, c'est ça. J'ai seulement besoin de prendre mes distances à son égard.

En continuant de respirer avec avidité, je tourne la tête pour voir Lucas se lever et enlever son préservatif. Nos yeux se croisent et je devine une certaine confusion qui se mêle à la froideur de son regard gris-bleu. Mais un instant plus tard, cette émotion a disparu et son visage à la mâchoire carrée est redevenu aussi dur et aussi implacable que d'habitude.

— Lève-toi ! Lucas tend la main vers moi et m'attrape par le bras. Allons-y ! Il me tire du lit. Je tremble trop pour résister et j'avance tant bien que mal tandis qu'il me tire dans le couloir.

Quelques instants plus tard, il s'arrête devant la porte de la salle de bain.

— As-tu besoin d'y aller ? demande-t-il et je hoche la tête en lui sachant gré de me l'avoir proposé. J'ai besoin de plus d'une minute, il me faudrait une éternité pour me remettre, mais si je n'ai qu'une minute de tranquillité je l'accepte volontiers.

— Ne fais pas de bêtise, dit-il quand je ferme la porte et je prends son avertissement au sérieux, me contentant d'aller aux toilettes et de me laver les mains aussi vite que possible. Même si je pouvais trouver quelque chose pour l'attaquer, je n'en aurais pas la force pour le moment. Je suis épuisée, à la fois sur le plan physique et sur le plan émotionnel, mon corps me fait presque aussi mal que mon âme. Tout ce qui vient de se passer est insoutenable : la brève intimité que j'ai cru sentir entre nous, la manière dont il est brusquement redevenu froid et cruel, et mes souvenirs se combinant avec un plaisir dévastateur.

Sans oublier le fait que Lucas m'a possédée alors qu'il a cette autre fille, la brune qui m'épiait par la fenêtre.

Ma gorge se serre une fois de plus et j'étouffe un sanglot. Je ne sais pas pourquoi cette dernière pensée est la plus douloureuse de toutes. Je n'ai aucun droit sur mon geôlier. Au mieux, je suis son jouet, sa chose. Il jouera avec moi jusqu'à ce qu'il se lasse puis il me brisera.

Il me tuera sans la moindre hésitation.

Tu es à moi, a-t-il dit en me baisant et pendant un bref instant, j'ai pensé, qu'il était sincère. J'ai pensé qu'il était aussi attiré vers moi que je l'étais vers lui.

J'avais visiblement tort.

Mes yeux se mouillent et se brouillent et je les ferme et les rouvre pour essayer de chasser mes larmes. Le visage qui me fixe dans la glace est émacié et affreusement pâle. Deux mois passés dans la prison russe n'ont pas arrangé mon apparence. Je ne sais même pas pourquoi Lucas a envie de moi en ce moment. Sa petite amie est infiniment plus jolie avec son teint doré et ses traits enjoués.

Un coup brutalement frappé à la porte me fait sursauter.

— La minute est finie. La voix de Lucas est dure et je sais que je ne peux plus reculer le moment de me retrouver face à lui. En respirant profondément pour me calmer, j'ouvre la porte.

Il se tient là et il attend. Je pense qu'il va me conduire ailleurs, mais à la place il entre dans la salle de bain.

— Entre ! dit-il en me conduisant vers la douche. On va se laver.

On ? Il vient avec moi ? Mes entrailles se nouent, la peau me brûle à cette pensée, mais j'obéis. Je n'ai pas le choix, mais même si je l'avais, le souvenir des semaines dans la prison de Moscou où j'ai été privée de douches est encore horriblement vif dans mon esprit.

Si mon geôlier veut que je prenne cinq douches par jour je le ferai avec plaisir.

La cabine de douche est assez spacieuse pour nous deux, la vitre qui l'entoure est propre et moderne. En général chez Lucas tout est propre et moderne, complètement différent du minuscule appartement de l'époque soviétique où j'habitais.

— Ta salle de bain est agréable, dis-je bêtement quand il ouvre les robinets. Je ne sais pas pourquoi je choisis ce sujet de conversation là, mais j'ai besoin de penser à autre chose. Nous sommes ensemble sous la douche tous les deux nus, et même si nous venons juste de coucher ensemble je ne peux m'empêcher de le fixer. À chacun de ses mouvements, ses muscles saillants se gonflent encore plus et ses bourses lourdes pendent entre ses jambes, là où sa verge à demi raidie brille avec des traces de sperme. Ce n'est pas le premier homme que j'ai vu nu, mais c'est de loin le plus beau.

— La salle de bain te plaît ? Lucas se retourne vers moi en laissant couler l'eau sur son dos trapu et je m'aperçois que je ne suis pas la seule à ressentir l'intense charge sexuelle dans l'atmosphère. Je la constate dans le regard aux lourdes paupières qui me parcourt de haut en bas avant de revenir à mon visage ainsi que dans le mouvement de ses grandes mains qui se replient comme pour se retenir d'aller vers moi.

— Oui. Je m'efforce de garder un ton neutre comme si ça n'avait pas d'importance de se retrouver ici avec lui qui m'a baisée comme un fou et a provoqué chez moi une telle myriade d'émotions. J'aime bien la simplicité de ton style.

Un style qui offre un agréable contraste avec la complexité de celui qui habite ici.

Il me fixe, dans cette lumière ses yeux pâles sont plus gris que bleus et je m'aperçois que contrairement à moi il n'a pas envie de penser à autre chose. Il veut que nous prenions une douche ensemble pour une raison précise et cette raison devient évidente quand il m'attire vers lui et me met avec lui sous l'eau qui coule.

— Baisse-toi. Tout en me donnant cet ordre, il appuie sur mes épaules. Mes jambes se replient, je suis incapable de résister à la force de ses mains sur moi, et je me retrouve à genoux devant lui, le visage à la hauteur de son sexe. Son large dos bloque presque toute l'eau, mais quelques gouttelettes m'atteignent quand même et m'obligent à fermer les yeux tandis qu'il m'empoigne par les cheveux et rapproche mon visage de sa verge qui se raidit.

— Et si jamais tu me mords... Il ne termine pas sa menace, mais je n'ai pas besoin de détails pour deviner que ça ne serait pas une bonne idée. Je voudrais lui dire que ce n'est pas la peine de me prévenir, que je suis trop épuisée pour me battre en ce moment, mais il ne m'en laisse pas le temps. Dès que mes lèvres s'ouvrent, il enfonce sa verge dans ma bouche et va si profondément que je m'étrangle presque avant qu'il la retire. À court de souffle, je m'appuie sur ses jambes dures comme le fer et il revient plus lentement cette fois-ci.

— Bien, c'est bien... Il desserre un peu les mains de mes cheveux tandis que je ferme les lèvres autour de sa grosse verge et que je creuse les joues en la suçant.

Exactement comme ça, ma belle... Étrangement ses paroles d'encouragement me brûlent jusqu'au plus profond de moi-même. Je suis encore mouillée de notre marathon de sexe et je sens cette moiteur en serrant mes cuisses l'une contre l'autre pour essayer d'avoir moins mal.

Ce n'est pas possible, je ne le désire pas à nouveau. Mon sexe est irrité et gonflé, j'ai mal partout à cause de sa brutalité. Et je me souviens aussi des ténèbres qui m'ont envahi, des souvenirs qui ont failli m'engloutir. Être avec un homme tel que lui, être complètement à sa merci et savoir qu'il veut me châtier, c'est le pire des cauchemars pour moi, et pourtant avec Lucas rien de tout cela ne semble avoir d'importance.

Je suis tout de même excitée.

Il m'empoigne par les cheveux tout en allant et venant dans ma bouche et en trouvant son rythme, je fais de mon mieux pour détendre les muscles de mes joues. Je sais faire une bonne pipe, et je mets mon savoir-faire en pratique en prenant ses bourses à deux mains et en le suçant avec les lèvres.

— Oui, c'est ça. Sa voix est pleine de désir. Continue !

Je lui obéis en serrant plus fort ses bourses et en le prenant encore plus loin au fond de ma gorge. Étrangement, ça ne me gêne pas de lui donner ce plaisir. J'ai beau être à genoux, depuis que je suis arrivée ce matin, c'est la première fois que je maîtrise la situation. Je le *laisse* faire ça, et ça me donne un certain pouvoir, bien que je sache que c'est assez illusoire. Je suis sa prisonnière, pas sa petite amie, mais pour le moment, je peux faire comme si je l'étais et que l'homme qui a enfoncé sa verge dans ma bouche me considère autrement que comme un objet sexuel.

— Yulia… Il gronde mon nom, ce qui renforce cette illusion puis s'enfonce jusqu'au bout et d'épais jets de sperme giclent dans ma gorge. Je me concentre sur ma respiration pour ne pas m'étrangler en l'avalant, mes mains serrent toujours ses bourses qui se tendent.

— C'est bien, murmure-t-il en me laissant avaler chaque goutte, puis il caresse mes cheveux, jamais il n'a encore fait preuve d'une telle douceur. Je devrais être humiliée par son approbation, mais cette petite marque de tendresse me ravit, j'en ai si désespérément envie. Je suis fatiguée, si fatiguée que je ne veux qu'une chose, rester comme ça, le sentir me caresser les cheveux et m'abandonner au néant.

Mais bien trop vite, il m'aide à me relever et quand j'ouvre les yeux l'eau jaillit sur ma poitrine au lieu de mon visage. Lucas ne dit rien, mais quand il verse du gel de bain dans sa main et me frictionne ses gestes continuent d'être caressants et réconfortants.

— Penche-toi en avant, murmure-t-il en s'approchant derrière moi et je m'appuie sur lui, je pose la tête sur ses larges épaules tandis qu'il me lave devant, ses grandes mains me savonnent les seins, le ventre et entre les jambes, là où j'ai mal. Je m'aperçois à demi qu'il prend soin de moi, et je commence à rêver en fermant les yeux et en goûtant ses marques de gentillesse.

Mais bien trop vite, je suis lavée et il recule d'un pas pour me rincer avec la douche. Je vacille légèrement, mes jambes me portent à peine, et Lucas ferme le robinet et me conduit au-dehors.

— Viens, on va te mettre au lit. Tu ne tiens pas debout. Il m'enveloppe d'une épaisse serviette et me prend dans ses bras pour me porter dans la chambre. Tu as besoin de dormir.

Il me porte dans la chambre et me pose sur le lit.

Je cligne des yeux en le regardant, j'ai du mal à réfléchir. Il ne va pas m'attacher sur le sol à côté du lit ?

— Tu vas dormir avec moi, dit-il en répondant d'avance à ma question. Je cligne de nouveau les yeux, je suis trop fatiguée pour essayer de comprendre ce que cela veut dire, mais déjà il a pris une paire de menottes dans le tiroir de la table de chevet.

Avant de me laisser deviner ses intentions, il m'en met une au poignet droit et attache l'autre au sien. Puis il se couche et s'allonge derrière moi et se serre contre moi en posant sa main menottée sur mon flanc.

— Dors, me murmure-t-il à l'oreille, et je m'exécute en sombrant dans le réconfort et la chaleur de l'oubli.

CHAPITRE DEUX

❖ LUCAS ❖

Yulia commence presque de tout de suite à respirer plus régulièrement et son corps se détend, elle s'est endormie dans mes bras. Ses cheveux sont encore humides après la douche et mouillent l'oreiller, mais ça ne me dérange pas.

Je suis trop préoccupé par celle que je tiens entre mes bras.

Le parfum de mon gel de douche se mêle à sa propre odeur, un parfum unique et délicat qui me fait penser à celui d'une pêche. Son corps mince est doux et chaud, les courbes de ses fesses épousent mon aine. Mon corps ronronne de satisfaction en étant couché ainsi, mais mon esprit se refuse à se détendre.

Je l'ai baisée.

Je l'ai baisée et une fois de plus c'était la meilleure expérience de ma vie, encore mieux qu'à Moscou. En la pénétrant, l'intensité de mes sensations m'a coupé le souffle. Je n'avais pas l'impression de coucher avec elle, j'avais l'impression de revenir chez moi.

Même maintenant, en me souvenant de ce que j'ai ressenti en me glissant dans les profondeurs étroites et chaudes de son fourreau, ma queue remue et ma poitrine se noue de manière indéfinissable. Je ne veux pas de *ça* avec elle, quel que soit ce dont il s'agit. Tout aurait dû être tellement simple : la baiser, en finir, puis la châtier tout en lui soutirant des informations. Elle a tué des hommes avec lesquels j'ai travaillé et je me suis entraîné pendant des années.

Et *moi* aussi, elle a failli me tuer.

Je suis furieux à l'idée de ressentir autre chose que de la haine et du désir pour Yulia. J'ai dû faire un énorme effort pour ne pas tenir compte de la douceur de son regard et pour la traiter comme la prisonnière qu'elle est, pour la baiser avec brutalité au lieu de lui faire l'amour. Je savais que je lui faisais mal, je la sentais se débattre alors que je plongeais implacablement en elle, mais je ne voulais pas qu'elle sache l'effet qu'elle produisait sur moi.

Il ne fallait pas que je cède à cette folie et à cette faiblesse.

Sauf que c'est exactement ce que j'ai fait quand elle a accepté de me sucer sans un mot de protestation et qu'elle a avalé jusqu'à la dernière goutte comme si elle ne pouvait se rassasier. Elle m'a fait jouir alors que je venais de la traiter comme une pute et ce foutu besoin a repris le dessus.

Le besoin de la tenir dans mes bras et de la protéger.

Elle s'est agenouillée devant moi, ses cils mouillés se dessinant sur ses joues pâles, et elle a avalé chaque goutte de ma semence ; j'aurais voulu la prendre dans mes bras et lui faire des promesses impossibles à tenir. À la place, je l'ai lavée, mais je n'ai pas pu me résoudre à la ligoter et à la faire dormir sur le sol, comme je n'avais pas pu me résoudre à lui faire vraiment mal.

Quel merdier ! Il y a moins de vingt-quatre heures qu'elle est là et la rage qui brûle en moi depuis deux mois commence déjà à se calmer, la vulnérabilité de Yulia me touche au-delà de tout. Je devrais être indifférent à sa faiblesse, au fait qu'elle meurt de faim, que son corps n'est plus que l'ombre de lui-même et que ses yeux bleus sont cernés tant elle est épuisée. Je devrais être indifférent au fait qu'elle a été recrutée à l'âge de onze ans et envoyée dès celui de seize espionner à Moscou.

Tout cela devrait me laisser froid, mais ce n'est pas le cas.

Bordel de merde !

Je ferme les yeux en me disant que ce que je ressens ne va pas durer, que ça me passera une fois que je me serai rassasié d'elle.

Voici ce que je me dis, même si je sais que ce n'est pas vrai.

Ça ne sera pas aussi simple et j'aurais dû m'en douter.

* * *

Un bruit étrange me sort d'un profond sommeil. J'ouvre brusquement les yeux, je n'ai plus la moindre envie de dormir avec une telle poussée d'adrénaline. Je me raidis, prêt à me battre, puis je me souviens que je ne suis pas seul.

Il y a une femme couchée dans mes bras, et son poignet gauche est menotté au mien.

Je respire lentement en m'apercevant que c'est elle qui fait ce bruit. Elle s'agite sans cesse et je l'entends à nouveau.

Un léger gémissement suivi d'un sanglot étouffé.

— Yulia… Je pose la main gauche sur son épaule et lui lève le bras. Yulia, réveille-toi.

Tout à coup, elle se retourne et se débat brutalement et je m'aperçois qu'elle n'est toujours pas réveillée. Elle pleure à moitié tout en haletant et tire de toutes ses forces sur ses menottes.

Fils de pute.

Je lui attrape le poignet gauche pour éviter qu'elle ne nous fasse mal et je roule sur elle en me servant du poids de mon corps pour l'empêcher de bouger.

— Calme-toi, je lui murmure à l'oreille, ce n'est qu'un rêve.

Je m'attends alors à ce qu'elle arrête de se débattre, à ce qu'elle se réveille et qu'elle comprenne ce qui arrive, mais ce n'est pas le cas.

À la place, elle se transforme en bête sauvage.

CHAPITRE TROIS

❖ YULIA ❖

— C'est de ta faute, sale pute, tout est de ta faute.

Un corps lourd me cloue au sol, des mains cruelles arrachent mes vêtements et puis il y a cette douleur violente quand il me pénètre brutalement en me disant que c'est pour me punir, que je mérite de payer.

— Ne fais pas ça ! Je me débats en hurlant, mais c'est impossible de bouger, je suis écrasée sous lui et ne peux pas respirer. Arrête, je t'en prie, arrête !

— Calme-toi, murmure-t-il en anglais. Calme-toi, putain !

Il est si étrange d'entendre Kirill parler anglais que je sursaute, mais je panique trop pour bien comprendre ce qui se passe. La douleur du viol et sa honte déchirent ma poitrine. Je suffoque, je tourne comme une toupie dans le noir et dans le froid et je ne peux que me débattre, hurler et lutter.

Yulia arrête, putain ! Sa voix est plus grave que dans mes souvenirs, et de nouveau il parle anglais. Pourquoi fait-il ça ? Nous ne sommes plus à l'entraînement. C'est tellement étrange que ça me contrarie et je m'aperçois alors que ce n'est pas la seule chose à être étrange.

Je ne sens pas son eau de Cologne.

Sans savoir où je suis, je m'aperçois que je suis toujours sous lui et que je ne souffre pas.

Il est toujours sur moi, mais il ne me fait pas mal.

Alors la réalité refait son apparition et je me souviens.

Kirill, c'était il y a sept ans. Je ne suis plus à Kiev, je suis en Colombie, captive d'un autre homme qui veut me punir pour ce que j'ai fait.

— Yulia... Lucas me parle à voix basse près de l'oreille. Je peux te lâcher ?

— Oui. C'est un murmure dans l'oreiller. Mes muscles tremblent après tous ces efforts et je peine à respirer, comme si j'avais couru. C'est contre Lucas que j'ai dû me débattre et non contre le fantôme de mon cauchemar. Tout va bien maintenant. Vraiment.

Lucas se dégage et je me sens tirée par le poignet gauche, car nous sommes toujours menottés l'un à l'autre. Au contact du métal, ma peau écorchée me brûle. J'ai dû tirer sur les menottes en me débattant.

Lucas s'éloigne de moi et une seconde plus tard une douce lumière s'allume et éclaire la pièce. En voyant les murs blancs, j'ai une preuve de plus que je rêvais et que Kirill n'est pas là.

Lucas prend quelque chose dans la table de nuit, c'est la clé des menottes. Quand il la remet dans le tiroir, je note immédiatement l'endroit où elle se trouve bien que mes dents commencent déjà à s'entrechoquer. Il y a des années que je n'ai pas fait un cauchemar aussi violent et j'ai oublié à quel point c'était terrible.

Lucas se retourne vers moi.

— Yulia, que s'est-il passé ? Il me regarde d'un air sombre en tendant la main vers moi.

Je le laisse me prendre sur ses genoux, j'ai envie de sentir la chaleur de son corps sur ma peau glacée. Je ne peux m'arrêter de trembler, les ombres menaçantes de mon cauchemar sont toujours là.

— Je… Ma voix se brise. J'ai fait un mauvais rêve.

— Non. Il me relève le menton d'une main et m'oblige à le regarder dans les yeux. Dis-moi pourquoi tu as fait ce rêve. Que t'est-il arrivé ?

Je serre les lèvres en luttant contre un désir absurde d'obéir à l'ordre qu'il vient de me donner à voix basse. Sa manière de me tenir, presque comme un parent réconforterait un enfant, me donne envie de me confier à lui, de lui dire des choses que je n'ai confiées qu'à la thérapeute de l'agence.

— Qu'est-ce qui s'est passé ? insiste Lucas, le ton plus doux, et je me sens gagnée par un désir, celui du lien que j'ai imaginé entre nous. Sauf que peut-être je ne l'ai pas seulement imaginé. Peut-être qu'il existe.

Je voudrais tellement qu'il existe.

— Yulia. Lucas me pose la main sur la joue et me la caresse du pouce. Dis-moi, je t'en prie.

C'est ce dernier mot qui brise ma résistance, venant d'un homme si dur et si dominateur. Il n'y a aucune colère dans sa manière de me toucher, aucun désir violent. C'est vrai qu'il m'a fait mal tout à l'heure, mais il m'a aussi donné du plaisir et un semblant de tendresse ensuite. À cet instant précis, il n'exige pas que je lui réponde, il me le demande.

Il me le demande et c'est impossible de le lui refuser.

Impossible alors que je suis tellement perdue et tellement seule.

— D'accord. Je regarde celui dont je rêve depuis deux mois et je murmure : que veux-tu savoir ?

CHAPITRE QUATRE

❖ LUCAS ❖

— Quel âge avais-tu quand c'est arrivé ? Je lui pose cette question tout en lui massant la nuque pour détendre ses muscles. Yulia continue de trembler sur mes genoux et un nouvel élan de rage s'empare de moi.

Quelqu'un lui a fait du mal, beaucoup de mal, et je le ferai payer.

— Quinze ans, répond-elle, d'une voix étranglée.

Quinze ans. Je m'oblige à rester immobile et à ne pas m'abandonner à l'éruption de violence qui monte en moi. Je m'étais douté qu'il s'était passé quelque chose de ce genre. Quand elle criait, elle avait une voix suraigüe, presque une voix d'enfant, et c'était en russe ou en ukrainien.

— Qui était-ce ? Je garde un ton neutre et je continue mon petit massage. Il semble la réconforter, elle tremble moins. Mais elle est aussi blanche que les draps, ses yeux bleus semblent sombres à la faible lumière de la lampe de chevet. Elle a beau avoir vingt-deux ans, en ce moment elle fait terriblement jeune.

Jeune et incroyablement vulnérable.

— Son nom… Elle avale sa salive. Son nom est Kirill. C'était mon entraîneur.

Kirill. Je le note pour le retenir. J'aurai besoin de son nom de famille pour organiser sa recherche, mais j'ai déjà un indice. Puis je me rends compte de la deuxième partie de sa phrase.

— Ton entraîneur ?

Elle détourne le regard.

— Un de mes entraîneurs. Il était spécialiste de lutte.

Le fils de pute ! Avec une gamine de quinze ans, même un homme adulte n'aurait pas eu la moindre chance contre lui.

— Et ceux pour qui tu travaillais ont permis une chose pareille ? La rage se glisse dans ma voix et imperceptiblement Yulia accuse le contrecoup. Pour ne pas lui faire peur, je respire profondément afin d'essayer de retrouver la maîtrise de moi-même. Elle continue à ne pas me regarder, ses yeux s'attardent sur quelque chose qui est à ma gauche si bien que je passe la main dans ses cheveux et je lui prends doucement la tête pour retrouver son attention.

— Yulia, je t'en prie. Avec effort, je reprends d'une voix calme. L'ont-ils sanctionné ?

— Non. Ses lèvres grimacent avec une ironie amère. C'est bien le problème. Ils n'ont rien fait.

— Je ne comprends pas.

Elle rit, d'un rire douloureux et sardonique.

— Ils auraient dû simplement le sanctionner. Ce qui l'aurait empêché d'être en colère comme il l'était.

Je ne sais pas si mon sang brûle ou se glace.

— Dis-moi.

— Il a commencé à me faire des avances quand j'ai eu quinze ans, juste après qu'on m'ait enlevé mon appareil dentaire. De nouveau, elle détourne les yeux. Tu sais, j'étais laide, grande, maigre et maladroite, mais ça s'est arrangé en grandissant. J'ai commencé à plaire aux garçons et les hommes aussi ont commencé à me remarquer. C'est arrivé presque du jour au lendemain.

— Et c'était un de ces hommes.

Elle hoche la tête en me regardant à nouveau.

— Oui, c'était un de ces hommes. Au début, il ne se passait pas grand-chose. Il me maintenait au tapis un peu plus longtemps que nécessaire ou il me faisait refaire le même mouvement plusieurs fois de suite pour pouvoir me toucher. Je ne m'en étais même pas rendu compte qu'il s'intéressait à moi, pas jusqu'à ce que... Elle s'arrête brusquement et se met à frissonner.

— Jusqu'à ce que ? Je l'encourage en essayant de rester assez calme pour l'écouter.

— Jusqu'à ce qu'il me coince dans le vestiaire. Elle avale de nouveau sa salive. Il m'a attrapée après la douche, et il m'a touchée. Partout.

Fils de pute, merde de merde.

J'ai une telle envie de le tuer que j'en ai un goût de mort dans la bouche.

— Et que s'est-il passé ensuite ? Je me force à le lui demander. On n'est pas arrivé à la fin de l'histoire, je le sais bien.

— Je l'ai dénoncé. Le corps mince d'Yulia frissonne à nouveau. Je suis allée voir le responsable et je lui ai dit ce que Kirill avait fait.

— Et alors ?

— Et alors on l'a viré. On lui a dit de partir et de me laisser tranquille une fois pour toutes.

— Mais il n'a pas obéi.

— Non. Elle le confirme d'un air morne. Non, il n'a pas obéi.

Je respire profondément pour me préparer au pire.

— Qu'est-ce qu'il t'a fait ?

— Il est venu au dortoir où je dormais et il m'a violée. Elle parle d'un ton neutre et de nouveau elle détourne le regard. Il a dit qu'il me punissait pour ce que j'avais fait.

À ces mots, j'ai le souffle coupé. Le parallèle ne m'échappe pas. Moi aussi j'avais l'intention d'utiliser le sexe comme une forme de punition en satisfaisant mon désir sur elle tout en lui montrant à quel point elle comptait peu pour moi.

En fait, c'est ce que j'ai fait tout à l'heure quand je l'ai possédée avec brutalité sans tenir compte de sa riposte.

— Yulia… Pour la première fois depuis des années je me déteste et c'est une expérience pleine d'amertume. Pas étonnant qu'elle ait paniqué quand je l'ai clouée au sol dans le couloir. Yulia, je…

— Les médecins ont dit que j'avais eu de la chance que les autres stagiaires me découvrent quand elles l'ont fait, continue-t-elle comme si je n'avais rien dit. Autrement je me serais vidée de mon sang.

— Vidée de ton sang ? J'ai la gorge serrée d'une rage folle. Ce salaud t'a fait mal à ce point ?

— J'ai eu une hémorragie, explique-t-elle, le visage étrangement calme quand nos regards se croisent à nouveau. C'était ma première fois, et il a été brutal. Très brutal.

Ce salaud aura une mort lente. Très lente. Je m'imagine utilisant certaines des techniques de Peter Sokolov sur l'entraîneur et y penser me calme suffisamment pour pouvoir demander sans colère :

— Quel est son nom de famille ?

Yulia cligne des yeux et je vois que son calme commence à disparaître.

— Son nom n'a pas d'importance.

— Si, il en a pour moi. Je la prends par les épaules et je sens à quel point ses os sont délicats. Allez, ma chérie, dis-moi seulement son nom.

Elle secoue la tête.

— C'est sans importance, répète-t-elle. Son regard se durcit quand elle ajoute : *il* n'a pas d'importance. Il est mort. Il est mort depuis six ans.

Merde ! Tant pis pour mon rêve de vengeance. Je lui demande :

— Tu l'as tué ?

— Non. Ses yeux brillent comme un éclat de verre. J'aurais voulu le faire, mais notre responsable en a chargé un assassin.

— Alors on t'a privé de ta vengeance. Je sais que la plupart des gens seraient heureux qu'une jeune fille n'ait pas l'occasion de commettre un crime, mais je n'ai jamais cru qu'il faille tendre l'autre joue. C'est satisfaisant de se venger et ça permet de tourner la page. On ne peut pas revenir en arrière, mais on peut plus facilement se confronter au passé.

Je le sais parce que ça *m*'a aidé de me venger.

Yulia ne répond pas et je comprends que je viens de toucher un point sensible. Elle en veut à cette « agence » dont elle refuse de parler, à ce « responsable » qui aurait dû la protéger dès le début de son entraîneur.

Trahirait-elle si je le lui demandais maintenant ? Elle souffre et elle est vulnérable après avoir revécu cet épisode de son passé. Je serais un véritable salaud d'en profiter. Sauf qu'en le faisant je pourrais obtenir les renseignements dont j'ai besoin et il ne serait plus nécessaire de la faire souffrir.

Je la garderai en sécurité et nul ne lui ferait plus jamais de mal.

Hier, j'aurais rejeté cette idée, j'y aurais vu comme un signe de faiblesse, mais plus maintenant. Pendant toutes ces semaines, je me suis menti à moi-même et il est temps de l'admettre. Je serai incapable de la torturer. Essayer de m'imaginer avec mon couteau comme avec l'intrus me donne envie de vomir. Même avant son cauchemar je n'arrivais pas à traiter Yulia comme une véritable prisonnière et maintenant que je sais à quel point elle a déjà souffert l'idée de lui faire encore plus mal me rend littéralement malade.

Ayant pris ma décision je lui dis à voix basse :

— Parle-moi de ce programme. C'est le meilleur moyen d'obtenir les renseignements dont j'ai besoin. Je dois y avoir recours, même si cela implique qu'il faille tirer parti de la vulnérabilité d'Yulia. Sans la quitter des yeux, je pose la main sur son cou et je le caresse doucement. Qui sont les gens qui t'ont recrutée ?

Toujours assise sur mes genoux, elle se fige et je la vois brièvement grimacer de douleur avant de retrouver ses traits lisses.

— Le programme ? Sa voix semble froide et distante. Je n'en sais rien.

Et après m'avoir repoussé, elle saute du lit et sort de la pièce en courant.

CHAPITRE CINQ

❖ YULIA ❖

Je cours sans bruit sur la moquette du couloir avec le goût amer et poisseux de la trahison dans la bouche.

Imbécile. Idiote. Dura. Debilka. Je m'insulte dans les deux langues, incapable de trouver assez de mots correspondants à ma stupidité. Comment ai-je pu faire confiance à Lucas, ne serait-ce qu'une seule seconde ? Je sais ce qu'il veut de moi, mais j'ai quand même cédé à ce désir stupide, à des rêves qui auraient dû disparaître au moment où j'ai su qu'il était encore en vie.

Celui dont j'ai rêvé en prison n'a jamais été rien de plus qu'un produit de mon imagination.

La technique d'interrogatoire qu'il a utilisée avec moi est on ne peut plus simple. Premièrement : se rapprocher de l'ennemi et comprendre ses motivations. Deuxièmement : l'écouter avec bienveillance et feindre de s'y intéresser. C'est la ruse la plus ancienne au monde et je me suis laissée duper.

J'ai tellement été privée de chaleur humaine que j'ai laissé un ennemi lire dans mon âme.

— Yulia ! j'entends Lucas courir derrière moi, mais je suis déjà dans la salle de bain. Je m'y précipite, je ferme la porte à clé et je m'y adosse en espérant l'empêcher de l'enfoncer, du moins quelques instants.

— Yulia ! Il tambourine à la porte et je la sens trembler, un tremblement qui fait écho au mien. De nouveau, j'ai froid, le froid glacé de mon cauchemar est revenu. Pourquoi ai-je parlé de Kirill à Lucas ? Je n'ai jamais confié cette histoire à qui que ce soit, si ce n'est à la thérapeute de l'agence. Évidemment, Obenko était au courant, c'est lui qui a ordonné l'exécution de Kirill, mais je ne lui en ai jamais parlé.

En dehors des séances obligatoires de thérapie, je n'en ai parlé à personne avant de le dire à Lucas.

— Yulia, ouvre cette porte. Il arrête de taper et sa voix redevient calme et enjôleuse. Sors, et nous allons en parler.

En parler ? J'ai envie de rire, mais j'ai peur d'éclater en sanglots. Lors de mon recrutement, la thérapeute de l'agence a exprimé une inquiétude, je ne serais pas assez détachée de ma mission, le fait d'avoir perdu ma famille si jeune me rendait facile à manipuler. C'est une faiblesse que je me suis efforcée de surmonter, mais visiblement sans succès.

Il a suffi d'un signe de tendresse, de sa colère à cause de ce qui m'est arrivé, et je me suis retrouvée si malléable entre les mains de Lucas.

— Yulia, tu n'as rien à faire dans cette pièce. Sors, ma chérie. Je ne te ferai aucun mal, je te le promets.

Ma chérie ? Une colère brûlante m'envahit et chasse en partie mon froid intérieur. Il me prend vraiment pour une idiote ?

Je recule, je me retourne, et j'ouvre la porte. Lucas a raison : je n'ai rien à faire dans cette pièce si ce n'est me faire d'amers reproches. Je ne peux rien changer à ce qui s'est passé. Je ne peux pas revenir en arrière, j'ai fait confiance à un homme qui désire avant tout se venger.

Mais par contre, je peux retourner la situation.

Quand la porte s'ouvre, je lève le regard vers Lucas et je laisse enfin couler les larmes qui me brûlent les yeux.

CHAPITRE SIX

❖ LUCAS ❖

Elle est debout dans l'embrasure de la porte, si belle et si vulnérable que mon cœur se serre dans ma poitrine. Ses yeux brillent de larmes et quand je tends la main vers elle, elle croise les bras sur son torse nu pour se protéger.

— Non, viens ici, ma chérie. J'ouvre les bras et je l'attire vers moi, non sans avoir vérifié que ses mains sont vides et qu'elle n'y cache rien pour me blesser. Malgré toute sa vulnérabilité, je ne peux oublier qu'Yulia est une espionne aguerrie qui a déjà tenté de me tuer.

À mon soulagement, elle est sans arme si bien que je la serre dans mes bras.

— Je suis désolé. Je caresse ses cheveux en murmurant : je suis tellement désolé.

Sentir sa peau nue contre la mienne éveille de nouveau mes sens, mais je me concentre pour faire comme si ses seins ne s'appuyaient pas contre ma poitrine. Je ne veux pas me laisser distraire par le désir, surtout pas après ce que je viens d'apprendre.

Je sais que ce n'est pas logique. Le fait qu'elle ait été abusée ne devrait pas avoir d'importance. Les individus les plus pervers que je connaisse ont eu un passé douloureux et je n'ai jamais eu tendance à me montrer indulgent à leur égard. S'ils ont fait une connerie, ils doivent payer. Personne ne s'en tire autrement avec moi et pourtant c'est exactement ce que j'ai l'intention de faire avec elle.

Mon virage à quatre-vingts degrés est si brusque que j'ai envie de me moquer de moi-même. Elle est ici depuis moins de vingt-quatre heures et les plans que j'avais la concernant se sont déjà évanouis en fumée. C'était à prévoir, j'imagine, étant donné que je suis incapable de penser à autre chose qu'à elle depuis deux mois, l'intensité de mon désir et les sentiments gênants qui l'accompagnent continuent à m'aveugler.

Elle a tué plusieurs douzaines de nos hommes et elle a failli me tuer.

Cette pensée qui m'a toujours rendu fou ne réveille désormais que de lointains échos de ma rage passée. Elle faisait son boulot, elle accomplissait la mission qui lui avait été confiée. J'ai toujours su que ça n'était pas dirigé personnellement contre moi, mais avant ça n'avait pas d'importance. Œil pour œil, c'est ainsi qu'Esguerra et moi avons toujours fonctionné. Si tu as trahi, tu dois payer.

Sauf que je ne veux plus faire payer Yulia. Elle en a assez vu, d'abord en prison en Russie, ensuite avec moi. Au lieu de me venger sur elle, je vais me concentrer sur les véritables responsables : les membres de l'agence qui lui ont donné cette mission.

— Retournons nous coucher, dis-je en me dégageant pour la regarder. Elle s'est arrêtée de trembler, mais son visage est toujours baigné de larmes. Il est encore tôt.

Elle hoche sèchement la tête.

— Non, je ne peux plus dormir. Je suis désolée, mais ce n'est pas possible.

— D'accord. Le soleil commence déjà à se lever, ça n'a donc pas d'importance. Veux-tu manger quelque chose ?

Elle se dégage de mon étreinte et recule d'un pas.

— Encore un sandwich ? Sa voix est tremblante, mais j'y décèle aussi une note d'amusement.

— J'ai aussi de la soupe, dis-je en essayant de ne pas regarder son corps mince et nu.

Elle cligne des yeux.

— Quel genre de soupe ?

J'ai oublié de regarder dans la casserole avant de la mettre au frigidaire.

— Elle vient de chez Esguerra. Sa bonne me l'a donnée hier soir.

Je suis surpris de voir un petit sourire sur les lèves d'Yulia.

— Vraiment ? Ils te donnent aussi leurs restes ?

— Non. Sa pique qui n'est pas très subtile me fait rire. Mais j'aimerais bien qu'ils le fassent. La gouvernante d'Esguerra est une excellente cuisinière et moi je suis vraiment nul.

Yulia hausse les sourcils.

— Sérieusement ? *Moi* je sais faire la cuisine.

— Ah bon ? Je ne m'attendais pas à ce que nous puissions plaisanter ainsi et ça me fait plaisir. On t'a appris ça chez les espions ?

— Non, j'ai appris quelques recettes de base en arrivant à Moscou. J'avais une bourse d'études, mais pas assez d'argent pour manger au restaurant. Ensuite, je me suis aperçue que j'aimais faire la cuisine et j'ai commencé à essayer des recettes plus compliquées.

En me souvenant de la nature de son foutu boulot ma bonne humeur disparaît.

— Tu n'étais pas payée ?

— Quoi ? Elle semble prise de court. Si, bien sûr que si. Mon salaire était versé sur un compte en Ukraine. Mais, je ne pouvais pas y avoir accès, je devais vivre comme une étudiante sinon j'aurais été démasquée par le Kremlin.

Bien sûr. La vie d'agent secret par excellence.

— D'accord, dis-je en me forçant à badiner. Pour le moment, on va goûter la soupe et plus tard tu me montreras peut-être ce que tu sais faire en cuisine.

* * *

La soupe que Rosa m'a donnée est délicieuse, pleine de champignons, de riz, de haricots et de morceaux d'agneau. Tout en mangeant, j'observe Yulia en me demandant, que vais-je bien pouvoir faire d'elle maintenant ? La garder pour toujours chez moi nue et ligotée ?

À ma grande stupéfaction, cette idée m'attire d'une manière assez perverse. Pour la première fois, je comprends pourquoi Esguerra a gardé sa femme, Nora, dans son île privée pendant les quinze premiers mois de leur relation. C'est l'endroit le plus sûr et le plus isolé possible, idéal pour une femme qui n'a pas nécessairement envie d'y être.

Si j'étais propriétaire d'une île, j'y garderais Yulia, et seuls ses longs cheveux blonds couvriraient son corps.

Elle fait tinter sa cuiller contre son bol de faïence, je n'ai pas de bols jetables, et je me raidis en regardant sa main. Et pourtant elle se contente de manger, son attention semble concentrée sur son repas.

Malgré son calme apparent, je ne parviens pas à me détendre. Elle va faire une tentative, j'en suis certain. J'ai beau avoir décidé de ne pas la faire payer, cela ne signifie pas que j'ai confiance en elle ni que je m'attende à ce qu'elle ait confiance en moi. Si l'occasion se présente, elle s'échappera en un clin d'œil et le fait qu'elle soit si docile m'inquiète. Heureusement que j'ai pris la précaution de mettre toutes les armes qui étaient ici dans ma voiture ; il aurait été trop risqué d'avoir des fusils près d'elle alors qu'elle n'est plus attachée.

Nue et détachée.

J'essaie de ne pas me laisser distraire par la vue de ses tétons qui traversent son rideau de cheveux, mais c'est impossible. Sous la table, mon sexe semble dur comme la pierre. J'ai pris le temps de mettre un short et un tee-shirt avant d'emmener Yulia à la cuisine, mais je ne lui ai rien donné à se mettre et je commence à me dire que ce n'est pas une bonne idée de la laisser toute nue comme ça.

Comme si elle devinait mes pensées, Yulia glisse ses cheveux derrière son oreille, ce qui les fait bouger et lui couvre presque entièrement les seins.

Après avoir poussé un soupir de soulagement, je me remets à manger en commençant à être moins excité.

— Tu sais, tu ne m'as jamais raconté ce qui s'est passé le jour de l'accident d'avion, dit-elle après avoir fini la moitié de sa soupe, et je m'aperçois que ses yeux bleus s'attardent sur moi et qu'elle m'examine. Une fois de plus, son attitude me rappelle que j'ai affaire à quelqu'un qui connait son métier. Elle avait beau sembler vulnérable après son cauchemar, elle est forte et peut puiser dans d'importantes réserves.

Il fallait qu'elle soit forte sinon elle n'aurait pas pu faire son travail après la brutalité de l'attaque qu'elle a subie.

— Tu veux dire après l'attaque du missile ? Je pousse de côté mon bol vide. L'entendre parler si calmement du crash réveille en partie ma colère et je fais de mon mieux pour conserver une voix neutre.

La main d'Yulia se resserre sur sa cuiller, mais elle ne renonce pas.

— Oui, comment as-tu fait pour en réchapper ?

Je respire profondément. Ce n'est pas un sujet dont j'ai envie de parler, mais je veux qu'elle sache ce qui s'est passé.

— Notre avion était équipé d'un bouclier antimissile, il n'a donc pas été frappé directement. Le missile a explosé à proximité de l'avion, mais l'étendue de la vibration était si vaste que nos moteurs ont été touchés et cela a provoqué un incendie à l'arrière de l'appareil. Ou du moins, c'est la théorie que nos ingénieurs ont proposée en examinant les restes de l'appareil. L'avion s'est écrasé, mais j'ai réussi à le guider vers un bosquet. C'est lui qui a en partie atténué le choc de notre atterrissage. Je m'arrête pour essayer de contenir ma rage. La plupart des hommes qui se trouvaient à l'arrière n'ont pas survécu et les trois qui s'en sont sortis sont encore à l'hôpital, brûlés au troisième degré.

Elle pâlit en m'écoutant.

— Ton patron était donc à l'avant avec toi ? demande-t-elle en reposant sa cuiller. Est-ce ainsi que vous vous en êtes sortis ?

— Oui. Je respire encore lentement pour chasser ces souvenirs. Esguerra était venu dans la cabine de pilotage pour me parler juste avant.

Le front de Yulia se plisse tant elle est tendue.

— Lucas, je… commence-t-elle, mais, je lève la main.

— Non. Ma voix est coupante comme une lame. Si elle se met à mentir maintenant, je risque de ne pas pouvoir me contrôler.

Elle se tait immédiatement, se fige et baisse les yeux sur la table. Je sens qu'elle a peur et je me force à respirer profondément une nouvelle fois et à desserrer les poings que j'avais instinctivement serrés sur la table.

Quand je suis certain de ne pas exploser, je poursuis.

— Oui, donc nous étions tous les deux à l'avant et nous avons survécu, dis-je d'un ton plus calme. Mais ensuite, Esguerra a failli être tué. Al-Quadar a réussi à savoir qu'il était à l'hôpital à Tachkent, non loin de son quartier général et ils sont venus à sa poursuite.

Yulia relève la tête d'un coup et en écarquillant les yeux.

— Les terroristes se sont emparés de ton patron ?

— Sa détention n'a duré que deux ou trois jours. Nous sommes venus à sa rescousse avant qu'ils ne puissent lui faire trop de mal. Je n'entre pas dans les détails de l'opération et je ne lui raconte pas comment la femme d'Esguerra a risqué sa vie pour le sauver. C'est surtout son œil qui a souffert.

— Il a perdu un œil ? Elle semble stupéfaite et sa réaction ravive mon ancienne jalousie.

— Oui. Je lui réponds d'un ton particulièrement dur. Mais ne t'inquiète pas, il a une prothèse et il est toujours aussi mignon.

Elle se tait de nouveau et baisse les yeux vers son bol. Celui-ci est encore moitié rempli et je lui dis d'un air bougon :

— Mange ! Ta soupe va refroidir.

Yulia obéit et prend sa cuiller. Mais après quelques cuillerées, elle relève les yeux vers moi.

— Il doit vraiment me haïr, dit-elle à voix basse. Je veux parler de ton patron.

Je hausse les épaules.

— Pas autant qu'il déteste Al-Quadar. Ou plutôt je devrais dire « qu'il *détestait* Al-Quadar ».

Elle cligne des yeux.

— Ils ont disparu ?

— Nous nous en sommes débarrassés, dis-je en examinant sa réaction. Ils ont donc disparu.

Elle accuse le coup, mais d'une manière tellement imperceptible que je ne m'en serais probablement pas aperçu si je n'étais pas en train de la dévisager.

— L'organisation entière ? Toutes leurs cellules ? Elle ne semble pas le croire. Comment est-ce possible alors que les états du monde entier les ont poursuivis durant des années ?

— C'est vrai, mais les états ont toujours... leurs limites. J'ai un sombre sourire. Quand on essaie d'être meilleur que ceux qu'on poursuit, c'est dur d'être à la hauteur. Les états ont les mains liées par les lois et par les budgets, par l'opinion publique et par la démocratie. Leurs électeurs ne veulent pas lire dans le journal que des enfants ont été tués dans une attaque de drones ou que la famille d'un terroriste a été violentée pendant un interrogatoire. Un peu de torture par l'eau et tout le monde est scandalisé. Les états n'ont pas la dureté requise pour de tels combats.

— Mais Esguerra et toi vous l'avez. Yulia repose sa cuiller, sa main tremble. Vous êtes prêts à aller jusqu'au bout.

— Oui, c'est vrai. Je vois dans ses yeux qu'elle me juge et ça m'amuse. Mon espionne a encore gardé une part d'innocence. Le quartier général d'Al-Quadar au Tadjikistan était l'une des dernières cellules importantes, et à partir de là il a suffi de retrouver celles qui étaient dispersées dans le monde. Une fois que nous y avons mis le paquet, ça n'a pas été difficile.

Elle me fixe.

— Je vois.

— Mange ta soupe ! Je le lui répète en m'apercevant qu'elle s'est de nouveau arrêtée.

Yulia reprend sa cuiller et je me lève pour me resservir un autre bol. Quand je reviens m'asseoir à table, elle a presque fini.

— Tu en veux encore ? Quand je lui pose la question, elle secoue la tête et me laisse de nouveau entrevoir ses tétons.

— Je n'ai plus faim, merci.

— Entendu.

Je me force à manger au lieu de regarder fixement ses seins. Quand je relève de nouveau les yeux, elle a levé les genoux et a croisé les bras dessus. Je me demande si elle a lu le désir sur mon visage et si ça lui rappelle son cauchemar.

Y penser… penser à ce qui lui est arrivé à l'âge de quinze ans, me met de nouveau en colère. Je voudrais déterrer le cadavre de Kirill et le réduire en pièces. Il est particulièrement ironique que je sois scandalisé par ce viol alors que j'ai commis des actions que l'on considérerait comme mille fois pires, mais je n'arrive pas à être logique à ce sujet.

Je n'arrive pas à être logique avec *elle*.

— Alors, Lucas, qu'est-ce qui t'a poussé à venir travailler ici ? demande Yulia en me tirant de ma rêverie, et je m'aperçois qu'elle essaye de me sonder, de mieux me comprendre afin de mieux me manipuler. Je pourrais lui répondre de manière évasive, mais comme elle s'est ouverte à moi tout à l'heure je trouve qu'elle mérite une réponse.

Un peu d'honnêteté ne peut pas faire de mal.

— Esguerra paie bien et il est juste avec ses gens, dis-je en m'adossant à ma chaise. Que peut-on demander de plus ?

— Il est juste ? Yulia fronce les sourcils. Ce n'est pas la réputation qu'il a. La plupart des gens diraient plutôt qu'il est implacable, semble-t-il.

Je me mets à rire, ça m'amuse beaucoup sans savoir pourquoi.

— Oui, c'est vrai, c'est un salaud et il est implacable. Mais en général, il tient parole, c'est pour ça que je le trouve juste.

— Et c'est pour cela que tu lui es fidèle ?

— Entre autres. Et j'apprécie la loyauté d'Esguerra envers ceux qui travaillent pour lui. Après la mort de ses parents, il s'est occupé des gens qui travaillent dans le domaine, et c'est une raison pour laquelle je l'admire. Mais je me contente de dire : évidemment, un gros salaire n'est pas à négliger.

Yulia m'examine et je me demande ce qu'elle voit en moi. Un mercenaire sans scrupules ? Un monstre ? Un homme comme Kirill ? Cette dernière hypothèse me gêne. Je ne suis peut-être pas tellement meilleur que lui, mais je ne veux pas qu'elle me considère ainsi.

Je ne veux pas figurer dans ses cauchemars.

— Et quand as-tu rencontré Esguerra ? demande-t-elle poursuivant son interrogatoire. Comment as-tu commencé à travailler pour lui ?

— On ne te l'a pas dit ? J'imagine qu'elle a dû recevoir des renseignements détaillés sur mon patron puisque c'était lui sa cible initiale. Et sans doute sur moi aussi puisque j'étais avec lui.

— Non, répond Yulia. Ce n'était pas dans vos dossiers.

Elle s'est donc bien renseignée sur nous.

— Et qu'est-ce qu'il y *avait* dans mon dossier ? Je le lui demande avec curiosité.

— Seulement le strict nécessaire. Ton âge, l'endroit où tu as fait tes études, ce genre de choses. Elle s'interrompt. Ton renvoi de la Marine.

Évidemment. Je ne suis pas surpris qu'elle soit au courant de ça.

— Et rien d'autre ?

— Pas vraiment. Yulia s'interrompt à nouveau puis dit à voix basse : il n'était même pas indiqué si tu étais marié ou si tu avais quelqu'un dans ta vie.

À ces mots, une étrange sensation de chaleur m'envahit. Je repousse mon bol et je me penche en avant, les bras sur la table.

— Non, dis-je en répondant à une question qu'elle n'a pas posée. En fait depuis Moscou, je n'ai été avec personne d'autre que toi.

Yulia me regarde de manière insondable.

— Ah bon ?

— Non. Inutile de lui expliquer que j'étais trop obsédé par elle pour penser à d'autres femmes.

Je me lève, je mets les bols dans l'évier puis je me retourne vers elle.

— Allons-y, ma belle, le petit déjeuner est terminé.

CHAPITRE SEPT

❖ YULIA ❖

Tandis que Lucas me fait sortir du salon, je réfléchis à ce que je viens juste d'apprendre. Ce qu'il m'a dit sur Al-Quadar correspond exactement aux informations contenues dans le dossier d'Esguerra. Le patron de Lucas est implacable avec ses ennemis et je figure parmi eux.

En fait, j'aurais déjà dû être tuée d'une manière atroce et pourtant je suis en vie, bien nourrie, et l'on ne me fait pas de mal. Maintenant que j'y pense avec davantage de lucidité, je m'aperçois que la décision de Lucas de me manipuler sur le plan émotionnel plutôt que de me torturer physiquement est un incroyable coup de chance. Mon cœur souffre peut-être, mais pas mon corps, à part quelques menus désagréments. Je suis convaincue qu'il se joue de moi, mais il est possible qu'il soit également en partie sincère.

Il est possible que son désir pour moi soit provisoirement plus fort que sa haine.

C'est une théorie que j'ai testée en sortant de la salle de bain, d'abord en me montrant vulnérable puis de manière subtile en étant gentille avec lui. Quand mon geôlier a semblé réagir de manière positive à cette attitude, j'ai parlé du crash de l'avion, un sujet qui l'aurait rendu furieux avant. Le fait qu'il ne m'ait pas agressée, qu'il en ait vraiment parlé avec moi et m'ait raconté une partie de son histoire est plus qu'encourageant.

Cela signifie qu'une partie de la compassion dont il a fait preuve un peu plus tôt pourrait être sincère.

Avec cet espoir, je jette un coup d'œil à Lucas qui marche à côté de moi. Il a une nouvelle corde enroulée dans la main et quand nous nous arrêtons vers la chaise où il m'a déjà attachée je fais de mon mieux pour prendre l'air vulnérable.

— Tu as vraiment besoin que je sois nue ? Je lui pose la question en laissant mes yeux se mouiller de larmes. Je n'ai aucun mal à pleurer : mes émotions oscillent entre la peine, la colère et l'envie persistante d'être réconfortée. Il fait froid quand la climatisation se met en marche.

Il hésite, mais je lui jette un regard désespéré et implorant. Ce n'est pas complètement de la comédie.

Ce n'est pas grand-chose d'être habillée, mais avec des vêtements je me sentirais davantage comme un être humain. Et surtout si Lucas accède à ma requête cela voudra dire que ma stratégie qui consiste à jouer sur *ses* émotions fonctionne bien.

— D'accord, dit-il en cédant comme je l'espérais. Viens avec moi. Laissant la corde sur la chaise il me prend le bras et me conduit dans la chambre.

— Tiens ! dit-il en me tendant un tee-shirt. Tu peux mettre ça pour le moment.

En essayant de cacher mon soulagement et mon ravissement, j'accepte ce qu'il me donne et je l'enfile en remarquant les yeux brûlants de Lucas qui me regardent. C'est un tee-shirt d'homme, le *sien*, et il est assez long pour arriver à mi-cuisse.

— Bon, allons-y, dit-il quand je suis habillée et il me ramène vers la chaise. Tandis qu'il me ligote, je regarde ses grandes mains brunies par le soleil et je me demande s'il sent la même décharge électrique que moi. C'est pervers d'avoir toujours envie de lui, mais ça pourrait aussi m'aider à m'enfuir.

Et ça pourrait aider à propager cette nouvelle dynamique, il y a moins d'hostilité entre nous.

Quand il a fini de m'attacher, Lucas se relève et dit :

— J'ai des choses à faire. Je reviendrai dans quelques heures.

— Entendu, d'accord, dis-je en gardant une expression impénétrable.

Lucas attarde les yeux sur moi puis s'en va et je m'accorde un sourire de soulagement.

* * *

Après un certain moment, ma joie s'évanouit, remplacée par l'ennui et l'inconfort. La chaise est dure sous mes fesses et la corde m'écorche chaque fois que j'essaie de changer de position. Les minutes se font longues, le temps passe lentement, de manière monotone. Je ne cesse de regarder par la fenêtre en attendant le retour de la jeune fille mystérieuse, mais elle ne revient pas. Il n'y a qu'un lézard de temps à autre, qui traverse la moustiquaire en courant.

Je baisse les yeux en soupirant et je m'interroge sur mon autre petite lueur d'espoir. Si Lucas a dit vrai, ma visiteuse brune n'est pas sa petite amie.

En fait, il n'a pas de petite amie.

Le savoir me réconforte et me fait du bien. J'ignore pourquoi je me soucie de savoir si Lucas est célibataire, marié, ou s'il a des douzaines de liaisons, mais le fait qu'il ne trompe pas cette jeune fille me fait envisager ce qui s'est passé la nuit dernière de manière moins pénible. Je n'ai pas fait de tort à une autre. Ce qui se passe ne concerne que Lucas et moi et reste entre nous deux. Personne d'autre n'en souffrira.

Évidemment je dois tenir compte d'une éventualité, il a pu mentir, tout cela ferait partie de sa méthode d'interrogatoire, mais j'ai plutôt tendance à le croire dans ce cas. Il n'y a aucun signe de présence féminine chez lui, pas d'objet décoratif, pas de photos, pas de sèche-cheveux ni de produits de beauté dans sa salle de bain.

C'est une maison de célibataire, même le frigidaire est presque vide, et si je n'avais pas été aussi terrifiée et aussi épuisée hier que je l'aurais remarqué, tellement c'est évident.

Je regarde de nouveau la fenêtre en bâillant. Encore un lézard. Je le regarde courir et je me demande comment c'est dehors, dans la jungle. Chaque fibre de mon corps a envie d'être dehors, de sentir le soleil chaud sur ma peau et d'entendre le chant des oiseaux. Le petit aperçu que j'en ai eu hier ne m'a pas suffi.

Je veux être au grand air.

Je veux être libre.

Tu le seras bientôt, je me fais cette promesse en bougeant sur cette chaise qui est si dure. Maintenant que je comprends à quel jeu joue Lucas, je peux y jouer aussi. Je serai sa poupée et son objet sexuel tant qu'il aura envie de moi et je lui donnerai l'impression d'être malléable et ouverte. Je lui dirai tout, sauf les informations qu'il désire, je lui laisserai croire qu'il me soutire des secrets et que son interrogatoire tout en douceur marche bien. De cette manière, il n'aura pas recours à des méthodes plus brutales pendant un certain temps et j'utiliserai ce répit pour préparer un véritable plan de fuite, quelque chose de plus prometteur qu'une misérable attaque à la brosse à dents.

Et je m'efforcerai de tisser des liens avec lui.

Le syndrome de Lima. C'est le nom du processus psychologique dans lequel le geôlier a une telle sympathie pour sa captive qu'il finit par la libérer. Je l'ai étudié pendant ma formation puisqu'il était très probable que je sois un jour retenue en captivité. Le syndrome de Lima n'est pas aussi commun que son contraire, le syndrome de Stockholm quand la captive s'éprend de son geôlier, mais ça arrive. Je ne suis pas assez bête pour penser être capable d'amener Lucas à me libérer, mais il est possible que je l'amène à baisser sa garde et à faire telle ou telle chose qui facilitera ma fuite.

Par exemple, m'autoriser à porter des vêtements.

Me remettant à bâiller, je regarde un autre lézard traverser la fenêtre à toute vitesse et je m'imagine comme lui petite et verte. Assez petite afin de glisser sous mes liens et me faufiler par les trous d'aération. Si je pouvais faire ça, je serais la meilleure espionne au monde.

C'est une idée absurde, mais elle me réconforte en me distrayant de ce qui arrivera si mon plan échoue. Mes paupières s'alourdissent et je ne lutte pas contre le sommeil. En m'assoupissant, je rêve de petits lézards verts et de mon petit frère qui les poursuit en riant dans un parcours d'aventure.

C'est le rêve le plus joyeux que j'ai eu depuis des années.

* * *

— Yulia.

Je me réveille tout de suite le cœur battant et je lève les yeux.

Lucas est de retour, et il n'est pas seul. Avec mon geôlier, il y a un petit homme dégarni devant moi, il me regarde de ses yeux marrons avec détachement et curiosité. Il n'a pas de blouse blanche, mais tient une trousse de médecin.

Mon ventre se noue. J'avais tort de penser que Lucas attendait pour passer à des méthodes plus radicales.

Avant de me laisser le temps de paniquer, le petit homme me sourit.

— Bonjour, dit-il. Je suis le Dr Goldberg. Si vous le permettez, j'aimerais vous examiner.

M'examiner ?

— Pour être sûr que vous n'êtes pas blessée, explique le médecin qui devine évidemment ma confusion. Si vous le permettez bien entendu.

Bon, d'accord. Je respire profondément, ma peur s'estompe.

— Entendu, allez-y.

Je suis ligotée à une chaise avec pour seul vêtement le tee-shirt de Lucas et cet homme me demande si je veux bien subir un examen médical ? Que ferait-il en cas de refus ? S'excuser de m'avoir dérangée et s'en aller ?

Visiblement insensible au sarcasme dans ma voix, le docteur se tourne vers Lucas et lui dit :

— J'aimerais que la patiente soit détachée si c'est possible.

Lucas fronce des sourcils, mais s'agenouille devant moi et commence à dénouer les cordes qui entourent mes chevilles. Il jette un coup d'œil au médecin et lui dit froidement :

— Je vais rester ici. Elle a beaucoup d'imagination avec les ustensiles ménagers.

— Mais…

Lucas lui jette un coup d'œil plein de dureté et le médecin se tait. Lucas finit de me libérer les chevilles et en fait de même avec mes poignets. Je bouge discrètement les pieds pour rétablir la circulation et j'ai bien envie d'aller aux toilettes.

Je ne sais pas depuis combien de temps je suis attachée, mais ma vessie est convaincue que ça fait une éternité.

— J'ai besoin d'aller aux toilettes, dis-je à Lucas en pensant que je n'ai rien à perdre en étant sincère. Est-ce que ça serait possible d'y aller avant l'examen ?

Lucas fronce les sourcils de plus belle, mais acquiesce sèchement.

— Allons-y, dit-il quand il a fini de dénouer la corde. Il m'attrape par le bras et me relève avec la même brutalité qu'à mon arrivée. Prise de cours je suis sur le point de trébucher quand il me traîne dans le couloir, sa douceur de ce matin a complètement disparu.

Mon anxiété revient. Avais-je tort à son sujet ou s'est-il passé quelque chose ? Et cet examen a-t-il un rapport avec ça ?

Avant que je puisse m'expliquer le comportement inquiétant de mon geôlier, il me pousse dans la salle de bain et dit durement :

— Tu n'as qu'une minute et pas une seconde de plus.

Et là-dessus, il claque la porte pour la fermer.

CHAPITRE HUIT

❖ LUCAS ❖

Quand je ramène Yulia au salon, Goldberg l'ausculte debout et lui prend le pouls.

— Bien, bien, marmonne-t-il dans sa barbe en notant quelque chose dans un carnet.

Il se penche pour examiner un gros bleu qu'elle a au genou et Yulia me jette un coup d'œil anxieux. Je vois bien qu'elle attend une réaction de ma part, mais je ne fais rien pour la rassurer.

Je ne veux pas que le médecin sache à quel point je me suis radouci envers ma captive.

Une minute plus tard, Goldberg s'interrompt et sourit à Yulia.

— Rien que quelques écorchures et des bleus, dit-il d'un air enjoué. Vous êtes trop maigre et un peu sous-alimentée, mais quelques bons repas devraient arranger ça. Et maintenant, je voudrais vous faire une prise de sang si vous le permettez. Asseyez-vous s'il vous plaît.

Il désigne le canapé et Yulia me jette de nouveau un coup d'œil.

— Assieds-toi ! Je lui crie dessus en faisant de mon mieux pour ne pas tenir compte de l'air malheureux qui apparaît sur son visage alors qu'elle obéit.

Goldberg prend une paire de gants en caoutchouc ainsi qu'une seringue garnie d'un flacon.

— ça ne sera rien, promet-il et, je me demande s'il essaie de compenser ma brutalité. D'habitude, il n'est pas aussi attentionné avec les gardes, mais il faut dire qu'aucun d'eux n'a la fragilité ni la beauté de Yulia.

Elle ne grimace pas et ne dit mot quand la seringue lui plonge dans la peau, une endurance stoïque se lit sur son visage. Quant à moi, je dois lutter contre le désir absurde de l'arracher à Goldberg.

Je ne supporte pas que qui ce soit, lui fasse, mal, même le médecin.

— C'est terminé, dit Goldberg en retirant la seringue et en mettant une petite compresse stérilisée là où il a fait la piqûre. J'emmènerai ça au laboratoire pour les analyses. Et maintenant une dernière chose… Il me jette un regard implorant et je lui réponds d'un mouvement sec de la tête.

Je ne le laisserai pas seul avec Yulia ; il devra l'examiner devant moi.

Goldberg pousse un soupir et se retourne vers elle.

— Je dois aussi vous faire un examen gynécologique, dit-il en s'excusant. Pour m'assurer que tout va bien.

— Quoi ? Yulia écarquille les yeux. Pourquoi ?

— C'est comme ça. Je prends la voix la plus dure possible. Je ne vais pas lui expliquer que j'ai peur de lui avoir fait mal la nuit dernière en étant brutal avec elle. Elle était mouillée, mais ça ne veut pas dire qu'elle n'a pas de lésions ou de contusions internes.

Elle rougit violemment en s'allongeant sur le canapé selon les instructions de Goldberg. Tandis que le médecin relève son tee-shirt et prend un speculum, je me force à rester immobile au lieu de me jeter sur lui pour l'avoir touchée. Goldberg est homosexuel, mais la voir entre ses mains réveille quelque chose de violent chez moi, quelque chose qui me donne envie de tuer quiconque touche à ce qui est à moi.

L'examen dure moins d'une minute. Je regarde attentivement Yulia pour être sûr qu'elle ne se débatte pas, mais elle reste immobile, les genoux repliés et les yeux fixés au plafond. Seules ses mains trahissent son agitation, elle a serré les poings et ses phalanges sont toutes blanches.

Une fois que Goldberg a terminé, il baisse soigneusement le tee-shirt d'Yulia et recule d'un pas.

— Et voilà, dit-il en s'adressant à chacun d'entre nous. Tout semble aller bien. Le stérilet est en place, vous n'avez donc aucune raison de vous inquiéter.

Un stérilet ? Je fronce les sourcils à l'intention du médecin, mais déjà il m'explique :

— Oui, un stérilet. Pour la contraception.

— Je vois. Je jette un regard interrogateur à Yulia. Si elle est protégée et que le médecin a vérifié qu'elle va bien, je pourrai la baiser sans préservatif.

Immédiatement, ma queue sursaute d'excitation.

Yulia se rassied sur le canapé, les yeux droits devant elle et je vois qu'elle continue à rougir. Je voudrais la prendre dans mes bras et lui assurer que tout va bien, que je n'ai pas fait ça pour l'humilier, mais ce n'est pas le moment.

Aux yeux du médecin, c'est une prisonnière que je méprise et c'est comme ça que je dois la traiter.

* * *

Après avoir remercié Goldberg, je le raccompagne et quand je reviens au salon Yulia est toujours assise sur le canapé. Elle a retrouvé son teint de porcelaine, mais ses yeux sont très brillants. Elle est contrariée, je le sens, même si elle semble apparemment calme.

— Yulia. À mon approche, elle détourne les yeux et ses cheveux ruissellent et tombent dans son dos comme un voile d'or. Yulia, viens là !

Elle ne me répond pas, même quand je tends la main vers elle et que je l'oblige à se lever pour être face à moi. Elle ne me regarde pas non plus et conserve les yeux fixés sur quelque chose qui se trouve juste derrière mon oreille droite.

Agacé, je la prends par la mâchoire et lui tourne la tête pour la forcer à croiser mon regard.

— Je voulais être sûr que ça allait, lui dis-je durement. D'une certaine manière, je suis encore mécontent de ce que je ressens envers elle, de vouloir prendre soin d'elle et assurer sa sécurité au lieu de lui faire mal. C'est une faiblesse cette obsession qui est la mienne et je ne peux m'empêcher d'être en colère en lui disant : tu aurais pu avoir des lésions internes.

Elle plisse les yeux.

— Quelles conneries ! Tu voulais seulement faire en sorte de ne plus avoir à mettre de préservatif.

Cette accusation est si proche de ma pensée de tout à l'heure que je me demande si je ne l'ai pas dit à voix haute.

L'expression de mon visage a dû me trahir, car Yulia se met à rire avec amertume.

— Tu vois, c'est bien ça.

— Non, ce n'est pas la raison... Mais je m'interromps. Je ne lui dois aucune explication. Si je veux la faire examiner pour la baiser sans capote, c'est mon droit. J'ai beau ne plus avoir l'intention de la torturer, cela ne veut pas dire que j'ai oublié ce qu'elle a fait. Elle s'est mise dans cette situation de son propre fait et maintenant elle est à moi.

Elle m'appartient, pour le meilleur et pour le pire.

— Mes tests sont tous bons, je réplique à la place. Un homme meilleur que moi la laisserait évidemment tranquille après ce qu'elle vient de dire, mais pas moi. J'ai trop envie d'elle pour m'en priver. J'ai fait toutes les prises de sang après le crash et je n'ai aucune maladie vénérienne.

Elle serre les dents.

— Félicitations !

En entendant cette voix pleine de sarcasme, j'ai à la fois envie de grincer des dents et de la baiser. Chaque contradiction de cette jeune fille me rend fou. Docile, mais rebelle, vulnérable, mais forte. Tantôt, j'ai envie de la briser, de la forcer à reconnaître qu'elle a besoin de moi, tantôt je veux l'envelopper dans un cocon et faire en sorte que rien de mal ne lui arrive.

La seule chose qui me soit impossible c'est de lui rendre sa liberté.

— Lucas… Elle semble anxieuse quand je l'attire vers moi. Attends, je…

Je l'interromps en posant mes lèvres sur les siennes. D'une main je lui tiens la nuque, de l'autre je lui prends la taille pour la prendre tout contre moi. Mes bourses se contractent quand ma queue en érection se frotte contre son ventre plat et mon désir incessant pour elle se déchaîne à nouveau. Je lui caresse les lèvres de ma langue puis j'entre dans sa bouche dont j'envahis les profondeurs délicieusement chaudes. Elle me répond en gémissant, ses mains me prennent sur le côté et je bois avidement ses petits gémissements, sentant son corps mince qui devient doux en fondant contre le mien.

Bordel de merde, j'ai envie d'elle. De chaque centimètre de sa personne, de la tête aux pieds. Ce n'est pas bien, c'est pervers, ça tombe mal, mais je ne peux plus m'arrêter. Cette faim me ronge et se débarrasse des quelques scrupules qui me restent encore. Je sais que je suis un salaud de la forcer après ce qu'elle a subi, mais je ne peux pas la laisser tranquille. Peut-être que ça serait différent si elle n'avait pas envie de moi, mais il en va bien autrement. Même malgré son tee-shirt et le mien je sens la dureté de ses tétons contre ma poitrine, je sens la douceur de ses réactions tandis que sa langue s'enroule avec ardeur autour de la mienne. Elle ne me repousse pas, au contraire elle essaye d'être encore plus proche, et un désir fou s'empare de moi, c'est le sauvage que je suis qui prend le contrôle.

J'ignore comment nous nous retrouvons sur le canapé, mais je me retrouve accoudé au-dessus d'elle, son tee-shirt est remonté jusqu'à sa taille et je descends ma main restée libre jusqu'à son sexe. Elle est déjà mouillée et chaude quand je plonge deux doigts en elle pour l'étirer et recevoir ma queue. En même temps, je caresse ses plis et j'appuie sur son clitoris. Ses parois intimes se contractent contre mes doigts et quand elle gémit mon nom, courbe le cou et me griffe le dos, je sais que je ne peux plus attendre.

Je retire les doigts, j'ouvre ma fermeture éclair pour libérer ma queue en érection et je m'enfonce dans sa chaleur mouillée.

Il me semble entrer au paradis. Quelque part, au fond de mon esprit une alarme se déclenche pour me rappeler de mettre un préservatif, mais je suis allé trop loin pour me retirer. L'étreinte de ses chairs est la perfection même, si soyeuse et si serrée que je ne peux me retenir d'avancer jusqu'au bout, aussi profondément que possible.

Elle se met à crier et se cambre sous moi. Je baisse la tête pour l'embrasser et j'absorbe ses cris ainsi que son goût et son parfum, me délectant dans le plaisir sensuel de la posséder, de la faire mienne.

À moi, elle est à moi. La satisfaction que me donne cette pensée est profonde, primitive, elle n'a rien à voir avec la logique ni avec la raison. J'ai baisé des douzaines de femmes sans jamais avoir eu envie qu'elles m'appartiennent, mais c'est précisément ce que je veux avec elle. Baiser Yulia va au-delà du sexe.

C'est me l'attacher, la lier à moi si étroitement qu'elle ne pourra jamais me quitter.

En relevant la tête, je baisse les yeux pour la fixer tandis que ma queue vibre en elle. Elle a les yeux fermés, ses lèvres entrouvertes sont gonflées à force de l'embrasser et son teint est éclatant.

Putain, je n'ai jamais rien vu d'aussi sexy, et elle est à moi.

— Yulia…

Elle ouvre les yeux et je m'aperçois que j'ai dit son nom à voix haute. Elle a le regard vague, les pupilles dilatées et elle me fixe en levant les yeux. Elle semble étourdie, submergée par le même désir incandescent qui me ronge de l'intérieur et cette vue tempère la violence de mon ardeur en m'emplissant d'une certaine tendresse.

Je baisse la tête pour lui reprendre la bouche, j'avale son gémissement de désir en commençant à aller et venir en elle, si lentement que je sens chaque centimètre de son fourreau chaud et étroit. Je n'ai jamais baisé sans protection de ma vie et c'est une sensation extraordinaire. Son sexe est doux et soyeux, un fourreau délicat et mouillé qui semble avoir été fait juste pour moi. Ses parois intimes se resserrent autour de moi, je glisse d'avant en arrière dans leur douce humidité et je me concentre sur les légères indications de sa respiration pour deviner ses réactions.

La soif de possession primitive qui m'animait tout à l'heure est toujours là, mais elle est désormais maîtrisée par le désir de lui donner du plaisir, de lui faire ressentir au moins une fraction de l'extase qu'elle me donne.

Je continue à la baiser à un rythme lent et régulier, ma bouche va de ses lèvres à son cou et je mordille sa peau qui est si délicate à cet endroit. Dans le même temps, je glisse la main sous son tee-shirt et je lui presse doucement les seins.

— Lucas… Oh, Lucas… Elle dit mon nom comme une supplication, elle est à bout de souffle, et j'érafle sa peau tout en lui prenant un téton entre les doigts en le tordant légèrement. Maintenant, elle se tortille de désir, ses jambes fines entourent mes hanches pour m'attirer plus profondément, ses mains me tiennent par le côté. Je la sens trembler, son corps se contracte comme un ressort et j'accélère mon rythme en sentant qu'elle est sur le point de jouir.

Quand l'orgasme la submerge, c'est comme une vague qui m'engloutit aussi. Elle se tend, se cambre sous moi en criant et ses muscles intimes se contractent si fort autour de ma queue qu'elle me fait jouir à mon tour. Mes bourses se resserrent et l'orgasme me traverse, c'est un plaisir intense et violent dont le pouvoir est tel qu'il m'anéantit.

Avec un grondement, je m'enfonce encore plus profondément en elle et la serre encore plus fort dans mes bras alors que ma semence jaillit dans ses profondeurs brûlantes et vibrantes.

CHAPITRE NEUF

❖ YULIA ❖

Respirant avec peine je suis allongée sous le poids de Lucas, mon cœur bat à se rompre ; c'est le contrecoup de ce qui vient de se passer, baiser avec mon geôlier est toujours dévastateur.

Pourquoi est-ce ainsi avec lui, cet homme redoutable et dangereux qui me déteste ? Je ne suis pas une oie blanche. Il est vrai que j'ai survécu à ce qu'il y a de pire dans le sexe, mais j'en ai aussi connu des aspects plus agréables. Ma deuxième cible, Vladimir Vashkov, un athlétique agent de liaison du FSB, s'enorgueillissait d'être un bon amant et il me faisait vraiment jouir, il m'avait appris l'excitation et le plaisir. Je croyais pouvoir maîtriser tout ce qu'un homme peut me faire au lit, mais j'avais visiblement tort.

Je ne peux maîtriser Lucas Kent.

Peut-être aurait-il mieux valu qu'il me reprenne brutalement à nouveau. Le désir, un désir cruel et violent, voilà ce à quoi je m'attendais quand il a tendu les bras vers moi. Et c'est ce qu'il m'a d'abord donné en m'embrassant de force, en se servant des réactions de mon corps pour surmonter mes défenses. C'est à cela que j'étais préparée après la dernière fois et pas à cette douceur.

Je ne m'attendais pas à ce qu'il me traite comme si je comptais pour lui.

— Yulia… Il relève la tête, baisse les yeux vers moi et je rougis en croisant son regard. Maintenant que je suis moins aveuglée par le désir, je me rends compte qu'il est encore profondément enfoui en moi, que c'est moi qui le retiens parce que mes jambes serrent si fort ses hanches qu'il ne peut pas bouger.

Rougissant de plus belle, je dénoue les chevilles et baisse les jambes. Puis je le repousse au lieu de m'agripper à ses flancs. Je ne peux pas entrer dans le jeu de Lucas en ce moment, il semble trop vrai.

Lucas se baisse pour effleurer mes lèvres d'un baiser puis se retire doucement de moi. Je sens alors quelque chose de chaud, de poisseux et de mouillé entre mes jambes.

Sa semence.

Il m'a donc baisée sans préservatif.

Une amertume absurde s'empare de moi et fait

disparaître la douceur qui suit le plaisir.

— Tu aurais dû attendre les résultats de la prise de sang, dis-je en rabattant mon tee-shirt tandis que Lucas se dégage et se relève du canapé. En resserrant les jambes, je lui jette un regard dur. Tu sais, j'ai le SIDA et la syphilis.

— Ah bon ? Il semble plus amusé qu'inquiet en se rhabillant et en refermant sa fermeture éclair. Ses yeux brillent en me regardant. Et quoi d'autre ? Peut-être aussi une blennorragie ?

— Non, rien que l'herpès et la chlamydia. Je lui souris tendrement en m'accoudant. Mais il sera bien temps de t'en apercevoir quand tu auras les résultats. Et maintenant est-ce que je pourrais avoir une serviette de toilette ou un mouchoir en papier ? Je ne voudrais pas salir ta belle moquette.

Je suis déçue qu'il ne morde pas à l'hameçon. À la place, il se met à rire et disparaît dans la cuisine pour revenir une seconde plus tard avec un rouleau de papier.

— Tiens, dit-il. Puis il me regarde sans cacher sa curiosité tandis que je m'assieds pour m'essuyer entre les cuisses tout en m'efforçant de ne pas remonter mon tee-shirt en même temps.

— Parfait, dit-il quand j'ai fini. Et maintenant as-tu faim ? Je pense que c'est le moment de prendre un deuxième petit déjeuner.

Je fronce les sourcils, très agacée de le voir si calme. Je ne sais pas pourquoi je veux réveiller l'eau qui dort, mais c'est comme ça. J'ai détesté ce qu'il m'a infligé. Cet examen médical si impersonnel était humiliant et il m'a bafouée en tant que femme. Sans oublier ces conneries, prendre pour prétexte la possibilité de lésions internes comme si je ne lisais pas dans son jeu.

Comme si je ne savais pas que je serais son objet sexuel tant qu'il aura envie de jouer avec moi.

— Je n'ai pas faim, dis-je, mais je m'aperçois immédiatement que ce n'est pas vrai. Mon organisme a terriblement besoin de calories après en avoir été privé pendant si longtemps. Attends… si, en fait…

Avant d'avoir pu finir ma phrase, j'entends une légère vibration et je vois Lucas prendre quelque chose dans sa poche. Il en sort son portable, le regarde et laisse échapper un juron à voix basse.

— Que se passe-t-il ? Mais au moment où je lui pose la question, il m'attrape par le bras et me relève du canapé.

— Esguerra a besoin de moi, dit-il en me conduisant dans le couloir. Va aux toilettes si tu en as besoin, et ensuite il faudra que je t'attache à nouveau. On mangera à mon retour.

Et voilà, en un clin d'œil il est redevenu mon cruel geôlier.

CHAPITRE DIX

❖ LUCAS ❖

Julian Esguerra est déjà dans son bureau quand j'y entre, au mur les écrans plats des ordinateurs affichent des nouvelles du monde entier. Sur l'un d'entre eux, je remarque un économiste réputé prévoir une nouvelle crise des marchés.

Il serait peut-être temps de contacter mon gestionnaire de portefeuille.

Je passe devant une grande table de conférence ovale et je m'approche du vaste bureau d'Esguerra sur lequel se trouvent plusieurs ordinateurs. Il est au téléphone et me fait signe de m'asseoir sur l'un des fauteuils de cuir. Je m'exécute et j'attends qu'il ait terminé sa conversation. Comme il parle des problèmes de sécurité à la frontière israélienne, j'imagine qu'il parle avec le Mossad, les services secrets d'Israël.

Une minute plus tard, Esguerra raccroche et se tourne vers moi.

— Comment se passe l'interrogatoire ? demande-t-il. Est-ce que ça avance ?

— Un peu, dis-je en haussant les épaules. Mais rien qui vaut encore la peine d'en parler. Je n'ai pas l'habitude de garder des secrets avec mon patron, mais je n'ai pas envie de lui parler de Yulia avant d'avoir trouvé la meilleure manière d'aborder le sujet. Il est le seul dans le domaine avec le pouvoir de l'éloigner de moi, ce qui veut dire que je dois faire preuve de prudence.

La dure réputation d'Esguerra est bien méritée.

— Bien. Il semble satisfait de ma réponse. Et maintenant, parlons de la raison pour laquelle je t'ai fait venir…

— Vous avez dit qu'il s'agit d'un urgent problème de sécurité.

— Oui. Il s'adosse et met les mains derrière la tête. Nora et moi allons partir aux États-Unis pour rendre visite à ses parents. Je vais avoir besoin que nous soyons tous parfaitement protégés pendant toute la période de notre voyage.

— Vous allez rendre visite à vos beaux-parents ? À Oak Lawn ? Je suis convaincu de ne pas avoir bien entendu, mais il hoche la tête.

— Nous allons y passer quinze jours, dit-il. Je veux une sécurité impeccable.

— Entendu, dis-je. Je suis vraiment certain qu'Esguerra a perdu la tête, mais ce n'est pas à moi de le lui dire. S'il veut aller dans un pays où le FBI le recherche et passer quinze jours avec les parents d'une jeune fille qu'il a kidnappée et épousée, de surcroit qui est enceinte de lui, ça le regarde.

Mon travail consiste à lui permettre de le faire en toute sécurité.

— La formation des nouvelles recrues a bien avancé, nous pourrons donc prendre les hommes les plus expérimentés avec nous, dis-je en réfléchissant à voix haute. Deux douzaines devraient sans doute suffire.

— Effectivement. Et je veux également des véhicules blindés pour tout le monde et les munitions nécessaires.

Je hoche la tête en prévoyant déjà comment organiser tout ça. Certains diraient qu'Esguerra est paranoïaque, mais il n'a pas tort de se montrer prudent. Al-Quadar a beau avoir été neutralisé pour le moment il y en a beaucoup d'autres qui aimeraient bien mettre la main sur lui et sa jolie jeune femme.

— Je m'en occupe, dis-je avec un pincement au cœur en réalisant les conséquences de ce voyage.

Je vais être séparé de ma captive pendant quinze jours.

— Tu penses que ça va te prendre combien de temps ? demande Esguerra. Nora devrait avoir terminé ses examens dans une semaine et demie.

— Une quinzaine de jours, j'imagine. Quinze jours pendant lesquels je serai encore avec Yulia. Ça va prendre un certain temps pour se procurer les véhicules et l'armement, surtout si vous ne voulez pas que le FBI et la CIA le sachent.

— Tu as raison. Il faut absolument l'éviter. Esguerra dénoue les mains et se penche en avant. Entendu. Quinze jours devraient suffire. Merci.

J'incline la tête et je me lève pour partir et passer les appels nécessaires, mais avant que je quitte la pièce Esguerra me dit :

— Lucas, il y a autre chose.

Je m'arrête, le ton inhabituel de sa voix attire mon attention.

— De quoi s'agit-il ?

— Je ne sais pas si tu es au courant, mais ma femme et son amie ont vu Yulia Tzakova chez toi hier matin. Nora m'en a parlé aujourd'hui.

— Quoi ? Je m'attendais à tout sauf ça. Que faisaient Nora et son amie… Mais de quelle amie parlez-vous ?

— Rosa, notre bonne, dit Esguerra. Elles sont devenues amies depuis quelques mois. J'ignore ce qu'elles faisaient là-bas, mais il faut que tu assures la sécurité de ton logement. Il marque une pause et me regarde d'un air sombre. Je ne veux pas que Nora soit confrontée à quelque chose de désagréable dans son état. M'as-tu compris ?

— Parfaitement. Je garde une voix neutre. Je vais

redoubler de vigilance avec les visiteurs, c'est promis.

Et la prochaine fois que je verrai la bonne d'Esguerra, j'aurai un mot à lui dire.

CHAPITRE ONZE

❖ YULIA ❖

— Salut !

Un léger bruit à la fenêtre attire mon attention. Je relève les yeux en sursautant et je vois la jeune fille brune qui est déjà venue, j'avais d'abord cru que c'était la petite amie de Lucas.

— Salut ! répète-t-elle en appuyant le nez sur la vitre. Comment t'appelles-tu ?

— Je m'appelle Yulia, dis-je en décidant que je n'ai rien à perdre en parlant avec elle. Au moins cette fois-ci je ne suis plus nue. Qui es-tu ?

— Yulia, répète-t-elle comme pour s'en souvenir. Tu es l'espionne responsable du crash de l'avion. C'est une affirmation, pas une question.

Je la regarde en silence sans laisser transparaître mes pensées. J'ignore qui elle est et ce qu'elle me veut, et je ne veux rien dire, qui risque de m'attirer des ennuis.

Elle hoche la tête comme si mon absence de réponse la satisfaisait.

— Pourquoi est-ce que Lucas t'a amené ici ?

Au lieu de lui répondre, je demande :

— Qui es-tu ? Qu'est-ce que tu veux ?

Je ne m'attends pas non plus à une réponse de sa part, mais elle dit :

— Je m'appelle Rosa. Je travaille dans la grande maison.

J'ai déjà entendu ce nom. Je fronce les sourcils et ça me revient immédiatement. Ce matin, Lucas a parlé d'une certaine Rosa. C'est elle qui a dû lui donner la soupe que nous avons mangée.

— Qu'est-ce que tu veux ? Je l'examine tout en lui posant cette question.

— Je ne sais pas. Sa réponse me surprend. J'imagine que je voulais juste te voir.

Je cligne des yeux.

— Et pourquoi ?

— Parce que tu as tué tous ces gardes et que tu as failli tuer Lucas et Julian. L'expression de son visage ne change pas, mais j'entends de la tension dans sa voix. Et parce que pour une raison que j'ignore Lucas t'a prise chez lui au lieu de te ligoter dans un hangar comme les traîtres de ton espèce.

J'ai donc raison d'être prudente. Cette jeune fille me déteste à cause de ce qui est arrivé, et elle a peut-être un faible pour Lucas.

— Il te plaît ? Je lui pose la question parce que j'ai décidé d'être directe avec elle. C'est pour ça que tu es ici ?

Elle devient rouge comme une tomate.

— Mais ça ne te regarde pas !

— Tu es venue voir à quoi je ressemble, ça me regarde, non ? Je le lui fais remarquer d'un air amusé. Cette jeune fille semble à peine plus jeune que moi, mais elle semble si naïve qu'elle me donne l'impression d'avoir au moins dix ans de moins.

Rosa me fixe en plissant des yeux.

— Oui, tu as raison, dit-elle ensuite. Je ne devrais pas être ici. Et après s'être rapidement retournée, elle disparaît.

— Rosa, attends ! Je l'appelle, mais elle est déjà partie.

* * *

Il se passe au moins deux heures avant le retour de Lucas et j'ai vraiment le ventre creux quand il arrive. Selon l'horloge qui se trouve sur le mur, il est une heure de l'après-midi, lorsque s'ouvre la porte d'entrée ce qui veut dire qu'il y a déjà sept heures que j'ai pris mon petit déjeuner, la soupe de Rosa.

Malgré ma faim, ma peau se hérisse à l'approche de Lucas, il a la démarche athlétique et souple d'un guerrier. Comme hier il porte un jean et un débardeur et il semble incroyablement fort, ses muscles bien dessinés se gonflent à chacun de ses mouvements. Une fois de plus, il me fait penser à un héros des vieilles légendes slaves, même si la comparaison avec un pirate viking était plus appropriée.

— Laisse-moi deviner, dit-il en s'agenouillant à côté de moi. En me regardant, ses yeux gris-bleu se mettent à briller. Tu meurs de faim.

— Je serai contente de manger, lui dis-je tandis qu'il me détache les chevilles. Et j'aimerais bien me distraire autrement qu'en regardant les lézards. Et être assise sur un siège plus confortable. Mais je ne vais pas me plaindre de telles vétilles. Après mon séjour en prison, je suis vraiment luxueusement logée.

Lucas a un petit rire puis il se relève et me contourne pour me détacher les bras.

— Oui, j'en suis sûr. Je sens la chaleur de ses grandes mains sur moi quand il défait les nœuds. J'entends d'ici les gargouillis de ton ventre.

— Il fait toujours ça quand je n'ai pas mangé depuis longtemps. Un sourire inexplicable accompagne mes paroles. J'essaie de le contenir, mais il apparaît sur mes lèvres dont il relève inexorablement les coins.

Comme c'est étrange ! Je ne peux tout de même pas être sincèrement heureuse de le voir ?

Je me dis que je souris parce qu'il va me donner à manger et je parviens à retrouver mon sérieux quand Lucas enlève la corde et m'aide à me lever. J'ai souri parce que j'associe inconsciemment son arrivée avec des choses agréables : manger, aller aux toilettes, ne plus être attachée. Et même jouir, aussi déconcertant que cela puisse paraître.

Je ne suis ici que depuis deux jours, mais mon organisme est déjà conditionné par mon geôlier et le considère comme une source de plaisir, tout comme le chien de Pavlov avait appris à saliver en entendant sonner une cloche. Je sais que le jour viendra bientôt où Lucas risque de me faire souffrir, mais comme ce n'est pas encore arrivé la peur qu'il m'inspire s'est beaucoup atténuée.

Il est inutile d'être terrifiée si la torture et la mort ne sont pas pour tout de suite.

— Viens, dit Lucas dont les doigts se sont refermés comme un étau autour de mon poignet quand il m'emmène à la cuisine. Il reste de la soupe et je peux nous faire des sandwiches.

— D'accord, dis-je. J'ai tellement faim que j'avalerai n'importe quoi, la monotonie des repas est donc sans importance. Mais en arrivant vers la table, je ne peux m'empêcher de lui proposer : tu veux que j'essaie de préparer quelque chose pour dîner ? Je sais *vraiment* faire la cuisine.

Il me lâche le poignet et me regarde avec une légère grimace.

— Oh oui ! Te confier des couteaux. Je vois d'ici le résultat. Il m'offre une chaise. Assieds-toi, bébé. Je vais faire des sandwiches.

Bébé ? Ma chérie ? J'ai toutes les peines du monde à ne pas réagir quand il sort les ingrédients pour les sandwiches et verse la soupe dans les bols. Ces petits noms ne sont pas grand-chose, mais ils me rappellent ce qui s'est passé entre nous tout à l'heure.

Et la manière dont il m'a prise alors que j'étais si vulnérable et comment il a essayé de me faire craquer.

Lucas se retourne et s'occupe de passer la soupe au micro-onde, j'en profite pour me calmer en respirant profondément. Contrairement à l'examen médical et à son intrusion, ça ne vaut pas la peine de se tourmenter. Il faut jouer son jeu, me comporter comme si je commençais à lui faire confiance. De cette manière quand je m'ouvrirai progressivement à lui, ça sera crédible.

Le lien et les sentiments qui nous uniront auront l'air d'être vrais.

— Alors, dit Lucas en plaçant l'un des bols de soupe devant moi, comment se fait-il que tu parles aussi bien anglais ? Tu n'as pas d'accent. Il s'assied en face de moi, ses yeux pâles me dévisagent avec une curiosité impassible.

Et voilà, l'interrogatoire a repris, tout en douceur.

Je souffle sur ma soupe pour la refroidir, ce qui me fait gagner du temps pour réfléchir.

— Ce sont mes parents qui voulaient que j'apprenne l'anglais, dis-je après avoir pris une cuillerée. J'ai donc suivi des cours particuliers en dehors des heures de classe. C'est facile de ne pas avoir d'accent lorsqu'on apprend une langue petite.

— Tes parents ? Lucas hausse les sourcils. Ils te préparaient à devenir espionne ?

— Espionne ? Non, bien sûr que non. Je prends une autre cuillerée et je m'efforce de surmonter la douleur aux vieux souvenirs. Ils voulaient seulement que je réussisse dans la vie, que j'aie un travail dans une multinationale ou quelque chose de ce genre.

— Mais ils ne se sont pas opposés à ton recrutement ? Il fronce les sourcils.

— Ils étaient déjà morts quand j'ai été recrutée. Ma réponse sonne plus durement que je ne l'aurais voulu, je lui explique donc plus calmement : ils sont morts dans un accident de voiture quand j'avais dix ans.

Il retient son souffle.

— Putain, Yulia, je suis désolé ; cela a dû être dur.

Il est désolé ? J'ai envie de rire et de lui dire qu'il ne sait pas de quoi il parle, mais je me contente d'avaler et de baisser les yeux comme si ce sujet me faisait trop de peine. Ce qui est le cas, cette fois-ci je ne joue pas la comédie. Parler de la mort de mes parents, c'est comme rouvrir une blessure mal fermée. J'aurais pu mentir, inventer quelque chose, mais ça aurait été loin d'avoir le même effet. Je veux que Lucas me considère ainsi, telle que je suis et malheureuse. Il faut qu'il pense pouvoir me faire craquer sans recourir à la brutalité ou à la torture.

Il faut qu'il pense que je suis faible.

— Tu es… Il tend le bras au-dessus de la table pour me toucher la main, je sens la chaleur de la sienne. Yulia, es-tu fille unique ?

Sans quitter la table des yeux, je hoche la tête en laissant mes cheveux dissimuler l'expression de mon visage. Mon frère est la seule part de mon passé que je veux cacher à Lucas. Misha est trop étroitement lié à Obenko et à l'agence.

Lucas retire sa main et je sais qu'il me croit. Et pourquoi ne me croirait-il pas ? Jusqu'ici, j'ai été parfaitement sincère avec lui.

— As-tu été recueillie par quelqu'un de ta famille ? Tes grands-parents ? Une tante ? Un oncle ?

— Non. Je relève la tête pour croiser son regard. Mes parents n'avaient ni frère ni sœur et je suis née quand ils avaient une trentaine d'années, ce qui était vraiment tard en Ukraine pour leur génération. Au moment de l'accident, je n'avais qu'un grand-père et il allait mourir d'un cancer. De nouveau, c'est la vérité.

Lucas m'examine et je vois qu'il connaît déjà la réponse à la question qu'il va me poser.

— Tu t'es retrouvée à l'orphelinat, c'est ça ? demande-t-il à voix basse.

— Oui, je me suis retrouvée à l'orphelinat. Les yeux baissés je me force à continuer à manger. J'ai l'estomac noué, mais je sais que j'ai besoin de manger pour reprendre des forces.

Il ne me pose pas d'autres questions pendant que nous finissons notre soupe et je lui en suis reconnaissante. Je n'avais pas pensé que ça serait aussi difficile d'en parler. Je croyais avoir pris le dessus après toutes ces années, mais évoquer l'orphelinat, même brièvement, suffit à ramener d'un coup des souvenirs qui s'accompagnent de la peine et du désespoir d'autrefois.

Une fois, la soupe terminée Lucas se lève et lave nos bols. Puis il nous verse deux verres d'eau, fait les sandwiches et en pose un devant moi.

— Et c'est là qu'on t'a recrutée ? Dans cet orphelinat ? demande-t-il à voix basse en se rasseyant, et je hoche la tête en évitant délibérément de le regarder. Nous nous rapprochons trop du sujet dont je ne veux pas parler avec lui et nous le savons l'un et l'autre.

Je l'entends soupirer.

— Yulia… Je relève les yeux pour croiser les siens. Et si je te disais que je veux que le passé reste le passé ? demande-t-il, sa voix grave inhabituellement douce. Que je n'ai plus l'intention de te faire payer pour avoir suivi des ordres et que je veux seulement retrouver les vrais responsables, ceux qui t'ont donné ces ordres ?

Je le fixe vaguement, comme si j'essayais de comprendre ce qu'il vient de me dire. Évidemment, je m'y attendais. Logiquement, c'était le prochain coup.

D'abord, faire preuve de sympathie et de gentillesse peut-être en partie sincères, puis m'offrir l'immunité si je livre mes employeurs. M'amener chez lui, me laver, me nourrir, tout conduisait à cela. Seul le sexe ne faisait pas partie de l'équation. Entre nous, l'intimité était trop crue et trop intense pour être une mise en scène.

Il m'a baisée parce qu'il avait envie de moi, mais tout le reste fait partie de son jeu.

— Tu vas me libérer ? dis-je d'un ton incrédule, comme il se doit. Seule une parfaite idiote tomberait dans le panneau et croirait cette promesse qui n'en est pas une et j'espère que Lucas ne pense pas que je sois stupide à ce point. Il devra faire des efforts pour me convaincre que je peux lui faire confiance et entretemps je ferai en sorte qu'il baisse sa garde.

À ma surprise, Lucas hoche la tête.

— Ce n'est pas possible, dit-il. Mais je peux te promettre de ne pas te faire de mal.

Je passe la langue sur mes lèvres brusquement devenues sèches. Je ne m'attendais pas à ça ; la liberté est toujours ce que l'on fait miroiter aux prisonniers.

— Qu'est-ce que tu veux dire ?

Il soutient mon regard et les battements de mon cœur s'accélèrent en voyant une sombre ardeur dans ses yeux.

— Je veux dire que j'ai envie de toi et que si tu me dis qui sont tes complices je te protégerai d'eux et de quiconque voulant te nuire.

Mon estomac se noue, c'est un mélange déconcertant de peur et de désir.

— Je ne comprends pas. Si tu n'as pas l'intention de me libérer…

Il me regarde en silence et me laisse parvenir à mes propres conclusions.

J'entends battre mon pouls à toute vitesse en prenant le verre d'eau et en remarquant du coin de l'œil le léger tremblement de ma main. J'avale une gorgée, davantage pour gagner du temps que parce que je suis vraiment assoiffée. Puis je m'oblige à reposer le verre et à regarder Lucas.

— Tu me proposes ta protection si je couche avec toi, dis-je d'une voix légèrement tremblante.

Lucas incline la tête.

— Tu pourrais le voir comme ça.

— Et ton patron ? Je n'arrive pas à croire que la conversation en soit arrivée là. Est-ce qu'il ne s'attend pas à ce que tu me mettes en pièce ou que tu me fasses ce que tu fais d'habitude à ceux que tu veux faire parler ? N'est-ce pas pour cette raison qu'il m'a fait venir ici ?

— C'est *moi* qui t'ai fait venir ici, pas Esguerra.

J'en reste bouche bée, une fois de plus je suis prise au dépourvu.

— Quoi ?

— J'avais envie de toi. Lucas se penche en avant et pose les avant-bras sur la table. Nous avions eu cette seule nuit et ça ne me suffisait pas. Il est vrai que je voulais te punir pour ce qui s'est passé, mais surtout j'avais envie de *toi*. Sa voix est devenue rauque. J'avais envie de toi dans mon lit, sur le sol, contre un mur, de toutes les foutues façons possibles.

— Tu m'as fait venir ici pour coucher avec moi ? Cette révélation va bien au-delà de tout ce que j'aurais pu imaginer. Tu m'as fait sortir de prison pour *me baiser* ?

Son regard s'assombrit.

— Oui. Je me disais que c'était pour me venger, mais c'était pour t'avoir.

— Je… Incapable de rester en place, je me lève, je n'ai plus faim du tout. Je lui dis d'une voix étranglée : j'ai besoin d'une minute.

Les jambes flageolantes je vais vers la fenêtre de la cuisine. Au-dehors, le soleil brille sur la végétation exotique des tropiques, mais je ne peux pas me concentrer sur la beauté de la nature qui est devant moi. Je suis trop stupéfiée par les révélations de Lucas.

Me dit-il la vérité ou est-ce seulement une nouvelle tentative pour me désorienter et obtenir des réponses à ses questions ? Est-ce une technique d'interrogation incroyablement différente des autres et qui se sert de notre attirance réciproque ? Je suis habituée au désir des hommes, mais voici quelque chose de totalement inédit.

Ce dont parle Lucas indique un degré d'obsession qui serait effrayant s'il était réel.

Alors que je reste près de la fenêtre pour essayer de faire face à ses révélations, j'entends le bruit de ses pas. Un instant plus tard, ses grandes mains attrapent mes épaules. Il est déjà excité ; je sens son sexe en érection s'appuyer sur mon derrière tandis qu'il m'attire contre lui.

— Ce n'est pas forcément une mauvaise nouvelle pour toi, ma belle. Je sens la chaleur de son haleine sur mes joues quand il baisse la tête et effleure mes tempes de ses lèvres. Tu serais en sécurité ici avec moi.

Bien malgré moi un frisson d'excitation me parcourt le corps et mes tétons se raidissent sous mon tee-shirt.

— Comment ? Je murmure en fermant les yeux. Son buste est dur, je sens ses muscles saillants le long de mon dos, sa force est à la fois terrifiante et séduisante. C'est comme s'il répondait à mes désirs les plus profonds, à ma soif d'être en sécurité entre ses bras. Comment peux-tu me faire cette promesse alors que ton patron peut me faire tuer d'un instant à l'autre ?

— Il ne te touchera pas. Les bras puissants de Lucas se referment autour de moi, ils m'immobilisent tout en me réconfortant. Je ne le laisserai pas faire. Esguerra m'est redevable et tu es le service qu'il va me rendre.

— Lucas, mais, c'est… Ma tête tombe sur son épaule tandis qu'il me mordille l'oreille, la protubérance que je sens dans son jean s'appuie sur moi avec une insistance grandissante. C'est de la folie.

— Je sais. Sa voix rauque grommelle dans mon oreille. Putain, tu crois que je ne m'en rends pas compte ? Il me lâche, me fait tourner sur moi-même et m'attrape par les hanches en m'attirant de nouveau vers lui. Prise par surprise, j'ouvre les yeux pour voir la violence du désir faire grimacer ses traits. Il m'attire vers la droite et m'appuie contre le mur à côté de la fenêtre et le bas de son corps me cloue sur place. Tu crois que je ne me le suis pas dit un million de fois ? Sa verge appuie sur mon ventre tandis qu'il me brûle des yeux. Ses pupilles sont dilatées et une veine bat sur son front.

Ce n'est pas du cinéma.

Loin de là.

Ma respiration s'emballe, mon excitation se mêle à la peur ancestrale des femmes. L'homme qui est devant moi ne peut entendre raison, et mon corps ne souhaite peut-être pas qu'il le fasse.

— Lucas… Luttant contre l'ivresse de le sentir si près j'interpose la main entre lui et moi et je pose mes paumes sur son buste. Lucas, je crois que nous devrions parler sérieusement…

— C'est de ça que tu veux parler ? Il balance les hanches d'un mouvement suggestif au point d'en être obscène, sa verge va-et-vient contre mon bas-ventre à travers nos vêtements. Sa main attrape ma mâchoire et maintient mon visage immobile tandis qu'il se penche vers moi, ses lèvres ne sont plus qu'à quelques centimètres des miennes. L'impatience m'immobilise, mon cœur bat à se rompre et à ce moment quelque chose qui bouge dehors attire mon attention.

Prise au dépourvu, je jette un coup d'œil à la fenêtre et en un éclair je vois disparaître des cheveux noirs.

— Qu'est-ce qu'il y a ? Le ton de Lucas devient dur quand il s'aperçoit que je regarde autre chose. Puis il suit mon regard, jette un coup d'œil par la fenêtre et laisse échapper un juron avant de me lâcher et de se diriger vers elle.

Tandis qu'il se penche vers la vitre je le contourne et je vais de l'autre côté de la table. Mon corps est fou de désir, mais ce répit est le bienvenu. J'ai besoin d'assimiler ce que Lucas vient de me dire et ce ne serait pas possible s'il me baise comme un fou.

Sur la table, je remarque le sandwich auquel je n'ai pas touché. Je n'ai plus faim, mais je le prends et je mords dedans juste au moment où Lucas se retourne vers moi. Ses lèvres serrées ont une expression implacable.

— Qui était-ce ? Je lui pose la question, la bouche pleine, mes paroles sont inaudibles. J'ai besoin de temps et c'est le seul moyen que j'ai trouvé pour prolonger mon répit. Tout en mâchant énergiquement, j'indique la fenêtre avec le sandwich. Quelqu'un est venu te voir ?

Il serre les mâchoires.

— Non. Pas vraiment. Lucas tourne autour de la table d'un air menaçant et s'assied de l'autre côté tout en me scrutant de ses yeux pâles. Tu as vu quelqu'un là-bas. Qui était-ce ?

Quand j'avale ce que j'ai dans la bouche, le sandwich semble sec et dénué de goût.

— Je ne sais pas. La personne me tournait le dos et je n'ai vu que ses cheveux. Je lui réponds franchement, mais ce que je ne dis pas, c'est que j'ai une bonne raison de soupçonner de qui il s'agit.

— Un homme ? Une femme ? Lucas insiste. Des cheveux longs ? Courts ?

Je fais exprès de prendre une nouvelle bouchée et de mâcher pour réfléchir à sa question.

— Une femme, dis-je quand je n'ai plus la bouche pleine. Il ne me croirait pas si je faisais comme si je n'avais pas remarqué cette évidence. Elle portait un chignon et il me semble qu'elle avait une robe noire.

Lucas hoche la tête, comme si je venais de confirmer ses soupçons.

— Entendu, dit-il, et l'expression de son visage se radoucit.

Puis il prend son propre sandwich et commence à le manger sans me quitter des yeux.

CHAPITRE DOUZE

❖ LUCAS ❖

Tandis que nous finissons de manger en silence, la tension sexuelle rend l'atmosphère lourde entre nous. Tout en regardant Yulia finir les dernières miettes, je sens vibrer douloureusement ma queue emprisonnée à l'étroit dans mon jean.

Si Rosa n'avait pas choisi ce mauvais moment pour venir jouer à m'espionner, je serais déjà enfoui dans Yulia que j'aurais plaquée contre le mur.

J'ai choqué ma prisonnière, je le vois bien à la rougeur de ses joues et à sa manière de détourner le regard pour éviter le mien. Est-ce qu'elle m'a cru ? A-t-elle réalisé que j'étais sincère ? Pour résoudre mon dilemme et décider que faire d'elle, j'ai eu la solution en revenant chez moi et j'ai tout de suite su que c'était la seule issue possible.

Je vais suivre exactement ce que mon instinct me dicte et garder Yulia avec moi.

Autrefois, une telle action aurait été inimaginable à mes yeux. Quand j'étais au lycée, si quelqu'un m'avait dit que j'aurais pu, ne serait-ce que pensé, à retenir une femme contre son gré je me serais mis à rire. Même quand j'étais dans la Marine, longtemps après avoir su que j'étais capable de faire tout ce que mon boulot exigeait sans le moindre soupçon de remords, j'étais encore attaché aux préceptes moraux de mon enfance et je tentais de résister à l'attrait de la noirceur qui est en moi. C'est seulement une fois traqué, que j'ai pleinement compris ma vraie nature et, jusqu'à quel point j'étais capable de franchir des limites que j'avais autrefois considérées comme sacrées.

En tout état de choses, garder Yulia pour moi n'est rien et c'est certainement préférable au sort que je lui avais d'abord réservé.

— Alors comment ça va se passer exactement ? demande-t-elle en brisant finalement le silence et en me fixant du regard. Tu vas me laisser attachée toute la journée sur cette chaise et menottée toute la nuit à tes côtés ?

Je lui souris, l'impatience me brûle les veines.

— Seulement si ça t'excite, ma belle. Sinon nous pouvons trouver une meilleure solution. Je pense déjà aux implants de localisation qu'Esguerra a fait mettre sur sa femme. Je pourrais en faire de même avec Yulia, en m'assurant qu'au moins l'un des implants soit placé à un endroit où il serait absolument impossible de l'enlever.

Mais d'abord, je dois m'assurer que l'agence pour laquelle elle travaille soit éliminée ; sinon Yulia pourrait utiliser ses ressources pour disparaître, qu'elle ait ces implants ou pas.

— Tu me détacheras ? Elle me fixe en écarquillant les yeux. Et tu me laisseras aller dehors ?

— Oui. En tout cas une fois que son agence sera éliminée et qu'elle a les implants. Mais d'abord, il faut que tu me parles de tes patrons. Qui dirige les opérations ?

Elle ne me répond pas. À la place elle se lève et porte nos deux assiettes en papier à la poubelle qui est dans un coin de la pièce. Je la regarde pour m'assurer qu'elle ne va rien tenter, mais elle se contente de jeter les assiettes et de revenir s'attabler.

Une fois vers sa chaise elle me regarde.

— Comment puis-je te faire confiance ? Une fois que je t'aurais dit ce que tu veux savoir, tu pourrais tout simplement me tuer.

— Oui, je pourrais le faire, mais je ne le ferai pas. Je me lève et je m'approche d'elle. Une fois près d'elle je passe la main sur la peau douce de ses joues. J'ai trop envie de toi pour faire une chose pareille.

Yulia se met à rougir de plus belle.

— Et alors ? Tu vas m'épargner parce que tu veux me baiser ? Dans sa voix, l'incrédulité se mêle à la dérision. Tu laisses toujours ta queue décider qui a le droit de vie ou de mort ?

Je me mets à rire sans m'offusquer le moins du monde.

— Non ma belle. Seulement quand elle insiste à ce point.

En fait, je ne me souviens pas qu'une femme ne m'ait jamais détourné du cours de mes actions. J'ai toujours aimé le sexe et la compagnie des femmes, mais ce n'est pas un besoin qui a dominé ma vie. La dernière longue relation que j'aie eue, une liaison de trois mois au Venezuela, c'était avant de commencer à travailler pour Esguerra, et cela fait des années que je n'ai plus pensé à cette fille. Plus récemment, je n'ai eu que des rencontres d'un soir ou au mieux quelques jours de plaisir pour m'amuser.

Yulia me jette un coup d'œil dubitatif en haussant les sourcils et je ne peux plus attendre une minute de plus. Elle est à moi et je vais faire ce que mon corps désire de toutes ses forces depuis une heure.

— Allons-y, dis-je en refermant la main sur son bras mince. Je pense qu'il est temps de sceller notre accord.

* * *

Elle garde le silence tandis que je l'emmène dans la chambre, en marchant ses longues jambes fines attirent mon attention. J'imagine que je devrai bientôt lui procurer ses propres vêtements, mais pour le moment j'aime bien la voir porter mon tee-shirt, bien qu'il soit trop grand pour sa mince silhouette.

Je sais que ce que je lui inflige est condamné par les règles morales de mon enfance. C'est ma prisonnière et je ne lui donne pas le choix, je la force à une relation dont elle ne veut peut-être pas malgré les réactions de son corps, et la bonne volonté apparente avec laquelle elle accepte mes caresses. Il serait tentant de justifier mes actes en me disant que son métier la met à la merci d'un tel traitement, mais je sais que c'est faux.

Elle a été forcée à mener cette vie par des circonstances qui la dépassent et je suis un vrai salaud de vouloir en profiter.

Tout en déshabillant Yulia et en lui enlevant son tee-shirt, je m'attends à ce que ma conscience se réveille, mais je ne suis animé que par la force de mon désir. Tout ce que j'ai fait depuis huit ans, tout ce que j'ai surmonté, m'a débarrassé de tous les préceptes moraux que mes parents étaient parvenus à m'inculquer et m'a dépouillé d'une influence civilisatrice qui n'était que superficielle. Celui qui se tient maintenant devant Yulia ne ressemble pas au garçon qui a quitté son foyer très bourgeois il y a seize ans et ma conscience ne se réveille pas quand je laisse tomber le tee-shirt sur le sol et que je parcours du regard le corps nu de ma captive.

— Couche-toi ! lui dis-je, le désir rendant ma voix rauque. Je veux que tu te mettes sur le dos.

Elle hésite et je me demande si elle va finalement se débattre. Ce serait inutile, même si elle était en possession de tous ses moyens elle ne serait pas de force à se battre contre moi, mais je ne serais pas surpris qu'elle fasse quand même une tentative.

À mon grand soulagement, ce n'est pas le cas. À la place, elle va sur le lit et se couche en me regardant.

Je m'approche d'elle, ma queue devient encore plus grosse. Bien que Yulia soit encore trop maigre, elle est merveilleusement proportionnée, elle a la taille très fine, des hanches très féminines et des seins ronds haut placés. Sur l'oreiller, ses cheveux blonds forment une auréole et encadrent un visage qui semble venir tout droit d'un magazine de mode. Avec ses traits délicatement dessinés et son teint parfait, elle est presque trop jolie pour être baisée.

Mais « presque » seulement.

Pourtant je contrôle la violence de mon désir. Je ne veux pas lui faire de mal. Elle a assez souffert, de ma part et de la part d'autrui. Rien que d'y penser, de penser aux autres hommes qui l'ont touchée, je deviens fou de rage.

Si jamais un homme met la main sur Yulia, il lui en coûtera la vie.

Je viens à mon tour sur le lit, j'enjambe ses cuisses et je l'emprisonne entre mes bras. Cette fois-ci, je suis déterminé à me maîtriser et je reste donc à quatre pattes sans la toucher. Sa poitrine est haletante, elle continue de me fixer et je sais qu'elle est nerveuse.

Nerveuse et excitée à en juger par ses tétons raidis et son visage qui a rougi.

— Tu es si belle… je murmure en me penchant au-dessus d'un de ses tétons délicats. Elle ne bouge pas, mais je sens son corps se tendre quand j'appuie la bouche sur l'aréole rose. Le mamelon se contracte davantage sous mes caresses et je ferme les lèvres tout autour en le suçant doucement. Elle en perd le souffle, serre les poings le long de ses hanches, ses yeux se ferment et sa tête se renverse en arrière sur l'oreiller.

— Oui, merveilleusement belle… Je murmure à nouveau en tournant mon attention sur l'autre téton. Il a son goût à elle, un goût chaud de femme et de pêche. Après l'avoir sucé, je souffle de l'air frais sur le petit bouton de rose étiré et un petit gémissement vient me récompenser.

Puis je m'occupe du reste de ses seins dont je mordille et je suce la chair délicate et gonflée, ne la touchant que de ma bouche. Son corps est une fête pour les sens, chaque courbe, chaque creux et chaque anfractuosité a la douceur de la soie, et son parfum m'enivre. J'ai beau être fou de désir, je ne peux m'empêcher de m'attarder sous ses seins, sur sa cage thoracique, sur son nombril… Puis en descendant, je goûte la chair tendre du haut de sa fente et j'enfonce la langue entre les plis de son sexe.

Elle pousse un cri en se tendant et je sens ses mains sur ma tête, ses ongles s'enfoncent dans mon cuir chevelu quand je trouve son clitoris et que j'y appuie la langue. Elle est mouillée, je sens à quel point elle est excitée et ce goût spécifiquement féminin envoie une giclée de sang droit dans ma queue. Mes bourses se contractent et se serrent le long de mon corps et mes bras tremblent du désir de l'attraper et de plonger en elle pour la prendre comme je meurs d'envie de le faire depuis que nous avons été interrompus dans la cuisine.

— Lucas… Elle dit mon nom dans un souffle tout en se tortillant sous mon poids tandis que ses hanches se soulèvent dans une prière muette et qu'elle me griffe la tête. Oh, mon Dieu, Lucas…

Contrôlant implacablement mon propre désir je me concentre sur elle et avec ma bouche je l'amène au point de non-retour sans pourtant la faire jouir. Je caresse chaque millimètre de son sexe de la langue puis je prends ses grandes lèvres dans ma bouche et j'en suce les plis délicats tout en sachant que cette caresse va appuyer sur son clitoris. Ses cris se font plus violents, ses ongles me griffent de plus en plus fort et j'enfonce les poings dans les draps pour m'empêcher de la prendre dans mes bras. Je veux d'abord lui donner ce plaisir-là, lui faire sentir une partie du désir qui me consume pour elle.

— Lucas ! Maintenant, elle s'agite, ses talons s'enfoncent dans le matelas de chaque côté de mon corps et je sais qu'elle n'en a plus pour longtemps. Je glisse la main entre ses cuisses, enfonce deux doigts en elle tout en continuant à lui sucer le clitoris.

Elle se cambre en hurlant et je la sens se resserrer le long de mes doigts, sa chair se contracte autour d'eux au moment où elle jouit. J'attends juste assez pour sentir s'apaiser ses contractions puis je la remonte sur le lit. Accoudé, je lui ouvre les jambes du genou et je mets ma queue en face de son ouverture.

— Yulia… J'attends qu'elle rouvre les yeux, elle a encore le regard vague et ne me voit pas, et puis je m'abandonne enfin à mon propre désir, mon désir éperdu, et je la pénètre d'un seul coup. Elle en perd le souffle, ses mains remontent pour m'attraper par le côté et cette fois je suis perdu. Une envie folle m'envahit et je commence à la marteler et à la prendre, dur et vite.

Je me rends vaguement compte que ses jambes se replient autour de mes hanches et qu'elle s'accorde à mon propre rythme, mais je suis allé trop loin pour ralentir. Elle est mouillée, douce et serrée autour de moi, ses muscles intimes serrent ma queue et la tension qui monte en moi est aussi incontrôlable que celle d'un volcan. Elle croît et s'intensifie, les battements de mon cœur sont assourdissants et puis quand mes sensations ont atteint leur point ultime, l'orgasme s'abat sur moi avec une brutale intensité. Je la serre de toutes mes forces et je gronde en laissant jaillir ma semence en longs jets, jusqu'à ce qu'il n'y en ait plus une goutte.

Je suis stupéfait de l'entendre encore crier et je la sens se resserrer encore autour de moi, le corps secoué d'un second orgasme. Ma queue sursaute en réaction comme dans une réplique sismique puis je m'effondre sur le côté en la tirant pour qu'elle s'allonge sur moi.

Je ne pense plus qu'à une seule chose.

Jamais je ne la laisserai partir.

CHAPITRE TREIZE

❖ YULIA ❖

— Tu m'as encore baisée sans préservatif, dis-je quand je retrouve assez de souffle pour parler. Je suis allongée à côté de Lucas, la tête posée sur son épaule en attendant que mon cœur qui bat à toute vitesse commence à se calmer.

Mon geôlier a un petit rire qui sonne comme un grondement viril venu de son buste.

— Oh oui, j'avais oublié tes millions de maladies. Eh bien, tu seras contente de savoir que j'ai eu les résultats des examens qu'a faits Goldberg et tu n'as que des morpions.

— Quoi ? Horrifiée, je m'assieds instantanément, mais il s'est déjà mis à rire à pleine gorge en s'asseyant lui aussi.

— Quel trou du cul ! Je suis tellement furieuse que j'attrape un oreiller et que je lui en donne un coup en regrettant qu'il n'y ait pas quelque chose de beaucoup plus lourd à l'intérieur. Ce n'est pas drôle !

Riant de plus belle, Lucas m'attrape et me force à me recoucher en roulant sur moi et en me plaquant sur le matelas. Avec une aisance qui me rend folle, il prend mes poignets, les maintient au-dessus de ma tête et empêche mes jambes de se débattre de ses cuisses musclées.

— En fait, dit-il en souriant, j'ai trouvé ça irrésistible.

— Ah vraiment ? Incapable de me dégager de l'emprise de Lucas, j'ai recours à la seule arme qu'il me reste. Je lève la tête et j'enfonce les dents dans le muscle qui relie son épaule et son cou.

— Aie ! Quelle petite teigne ! Prenant mes poignets dans sa main gauche et m'empoignant les cheveux de la main droite il me baisse la tête sur le lit. Je suis agacée de constater qu'il n'a pas cessé de sourire, la marque rouge que mes dents ont laissée sur sa peau ne semble lui faire aucun effet. Tu n'aurais pas dû faire ça.

— Vraiment ? Malgré mon impuissance, les vieux souvenirs ne se sont pas réveillés et me permettent de me concentrer sur ma colère. Et pourquoi donc ?

— Parce que… il baisse la tête et approche les lèvres de mon oreille, tu as encore provoqué mon désir. Et en levant la tête pour me regarder droit dans les yeux, il indique sa verge qui commence à se raidir contre ma cuisse afin que ses paroles soient parfaitement claires.

Incrédule, je le fixe et je retrouve la lueur du désir dans ses yeux glacés.

— Tu plaisantes ? Encore ?

— Oui, ma belle. Ses lèvres dessinent un sourire sombre et sensuel et il pousse le genou entre mes cuisses pour les forcer à s'ouvrir. Encore et encore.

* * *

Plus d'une heure s'écoule avant que je ne puisse me réfugier dans la salle de bains pour reprendre mes esprits. J'ai mal partout, je suis épuisée par les orgasmes successifs, et j'ai du sperme sur les cuisses. Après avoir satisfait mon besoin le plus pressant, je fais couler l'eau de la douche pour me laver rapidement.

Mais avant d'avoir pu entrer dans la cabine, la porte s'ouvre et Lucas entre, nu.

— Bonne idée, dit-il en jetant un coup d'œil à l'eau qui coule. Allons-y.

Horrifiée, je regarde bouche bée mon geôlier insatiable.

— Mais ce n'est pas possible…

Il sourit en montrant ses dents blanches.

— Si c'est possible, mais je ne vais pas le faire. Je sais que tu as besoin de répit. Viens ici, bébé. Et en m'attrapant par le bras, il me fait entrer dans la cabine. Je te le promets, rien qu'une douche.

Il tient parole et ses grandes mains me savonnent sans s'attarder plus d'un instant sur mes seins et sur mon sexe. Et pourtant je sens lentement l'ardeur monter entre mes cuisses quand il me lave minutieusement et que ses doigts glissent entre mes plis et dans la fente de mon derrière. Choquée, je serre les fesses quand il appuie du bout du doigt sur cet orifice et il laisse échapper un petit rire en me lâchant quand je le repousse.

— D'accord, je peux attendre, dit-il gentiment et je me retourne, l'estomac barbouillé à l'idée que ce n'est qu'une question de temps et qu'il va me prendre aussi comme ça, quelle que soit mon opinion à ce sujet.

Heureusement, Lucas finit vite de se laver et sort de la douche.

— Tu sortiras quand tu seras prête, dit-il en se séchant, et le voilà parti, me laissant seule dans la salle de bain.

Épuisée, je m'effondre contre le mur et je laisse l'eau tomber en trombe sur ma poitrine. Mes tétons sont particulièrement sensibles et douloureux et mon sexe tout gonflé aussi. Avant de rencontrer Lucas, je n'imaginais pas que le plaisir puisse être aussi épuisant, qu'il pourrait venir à bout de toutes mes ressources, aussi bien physiquement que mentalement.

Je ne puis résister à Lucas, et ça n'a rien à voir avec le fait qu'il soit mon geôlier.

Même si j'étais libre, je serais incapable de me refuser à lui.

Sa protection pour coucher avec moi. Cette phrase me tourne dans la tête et elle m'emplit à la fois de révolte et de désir. Est-il possible qu'il ait dit vrai ? Qu'il m'ait fait traverser la moitié du globe pour faire de moi son jouet sexuel ?

Cela semble ridicule, mais je sens toute la force de son désir pour moi. Même maintenant, mon corps a envie de son insatiable passion. Lucas pourrait-il faire une chose pareille ? Tirer un trait sur le passé et simplement me garder auprès de lui si je lui parle de l'agence ? Tout à l'heure, quand je pensais établir un véritable lien avec lui, j'espérais gagner du temps, ne pas souffrir et tenter de fuir avant de mourir. Mais si ce qu'il dit est vrai, ma captivité qui n'est pas si terrible que ça pourrait durer indéfiniment, ou du moins jusqu'à ce qu'Esguerra exige ma tête sur un plateau.

Lucas a beau me dire que son patron lui est redevable, je ne crois pas qu'il puisse m'épargner indéfiniment. Tôt ou tard, Esguerra voudra ma tête, et je serai perdue. Et même si par miracle Lucas pouvait vraiment me protéger, il ne pourra le faire aussi longtemps.

Il me jettera dans la gueule du loup quand il comprendra que je ne vais pas lui donner les renseignements qu'il désire.

Je me relève et je m'éloigne du mur, j'arrête l'eau de la douche et je sors de la cabine. En me séchant j'essaie de déterminer si le cours des événements change quelque chose à ma situation, et je décide que non.

Tout ce que ça signifie c'est que j'ai une chance incroyable.

Je vais avoir le temps de préparer ma fuite.

CHAPITRE QUATORZE

❖ LUCAS ❖

Quand Yulia sort de la salle de bain, je lui donne un tee-shirt propre et je la ramène au salon en ressentant un bien-être profond que seul peut me donner le fait de coucher avec elle.

— Aimes-tu regarder la télévision ? Je lui pose cette question tout en lui attachant les chevilles à la chaise. Je ne me souviens pas de la dernière fois où je me suis senti aussi détendu et aussi satisfait. Bientôt, j'obtiendrai les renseignements dont j'ai besoin et je pourrai lui donner davantage de liberté.

Mais pour le moment, la moindre des choses est d'atténuer l'ennui qu'elle éprouve sans doute.

— La télévision ? Yulia me regarde avec stupéfaction. Oui, comme tout le monde.

— As-tu des préférences ? Une émission de variétés ? Un film ? Une chaîne d'informations ?

— Hum, ça n'a vraiment pas d'importance.

— D'accord ! Quand j'ai fini de la ligoter, je tourne la chaise vers le grand poste de télévision qui se trouve sur le mur d'en face. Que dirais-tu de 'La Famille Moderne' ? C'est drôle et sans prétention. Tu l'as déjà vu ?

— Non. Elle me regarde comme si j'avais deux têtes.

— Alors d'accord. En m'efforçant de ne pas sourire, j'allume la télévision et je choisis la saison 1 de ce feuilleton parmi mes enregistrements. Je dois travailler avant le dîner, mais ça devrait te distraire entretemps.

— Très bien, dit-elle d'un air si adorablement troublé que je ne peux pas me retenir : je me penche en avant et je dépose un baiser sur ses lèvres entrouvertes en avalant son souffle au moment où elle va s'exclamer de surprise. La chaleur délicieuse de son haleine fait sursauter ma queue et je me force à me redresser et à reculer avant de me laisser entraîner.

C'est peut-être incroyable, mais j'ai de nouveau envie d'elle.

En respirant profondément, je me retourne, déterminé à regagner le contrôle de moi-même.

— A, tout à l'heure, je le lui dis tout en tournant la tête et je me précipite dehors.

J'ai beau avoir envie de passer toute la journée à baiser ma prisonnière, il faut que j'aille travailler.

* * *

Je passe les deux ou trois premières heures dans le bureau d'Esguerra avec lui et les gardes que j'ai l'intention d'emmener, il s'agit de peaufiner les détails logistiques de sa sécurité à Chicago. Il y a beaucoup de choses à coordonner parce que les parents de Nora auront besoin d'un renfort de sécurité pendant et après notre visite au cas où certains des clients d'Esguerra décideraient que ça serait une bonne idée de se servir de ses beaux-parents pour faire pression sur lui. C'est peu probable, tout le monde sait ce qui est arrivé à Al-Quadar quand ils ont essayé la même tactique avec sa femme, mais il vaut toujours mieux être prudent.

Il y a des gens qui sont tellement bêtes que ça confine presque au suicide.

Au moment où nous allons terminer, la femme d'Esguerra entre dans la pièce. Elle ouvre de grands yeux en nous voyant tous là.

— Oh, je suis désolée. Je ne voulais pas vous déranger…

— Que se passe-t-il, bébé ? Esguerra se lève et va vers elle en fronçant les sourcils d'un air inquiet. Est-ce que tout va bien ? Comment te sens-tu ?

Nora jette un regard gêné dans ma direction et celle des gardes avant de se tourner vers son mari.

— Je vais bien, tout va bien, s'empresse-t-elle de lui dire. Je voulais te demander quelque chose, mais ça peut attendre.

— En es-tu certaine ? La voix d'Esguerra se radoucit comme c'est souvent le cas quand il parle à sa jolie femme. Je peux sortir une minute…

— Non, je t'en prie. Vraiment, c'est sans importance. Et se mettant sur la pointe des pieds elle pose un bref baiser sur son menton. Je serai au bord de la piscine. Viens m'y retrouver quand tu auras fini.

— D'accord. Nora sort du bureau et Esguerra la suit des yeux en fronçant des sourcils. Je vois bien qu'il voudrait la suivre, mais qu'il ne veut pas avoir l'air encore plus obsédé par elle que nous le soupçonnons déjà. S'il n'était pas le patron, les gardes le mettraient en boîte pendant des semaines et des semaines. Au lieu de ça, nous restons impassibles quand il revient vers la table.

Nous en avons vite terminé avec les derniers détails de sécurité. Dès que nous avons fini, les gardes retournent à leurs tâches et Esguerra sort retrouver sa femme me laissant seul dans son bureau pour vérifier mes derniers messages. Je profite de l'opportunité pour appeler notre fournisseur de Hong Kong sur Skype et commander les implants de localisation pour Yulia. Mais j'ai la déception d'entendre le vieil homme me dire qu'il ne pourra me les envoyer avant une quinzaine de jours, exactement au moment où je serai à Chicago.

— Il n'y a vraiment pas moyen de les avoir plus vite ? Je lui pose cette question, car je n'aime pas l'idée de laisser Yulia sans surveillance aussi longtemps, mais le fournisseur se contente de hocher la tête.

— Non, j'ai bien peur que non. Ceux que nous avons vendus à M. Esguerra étaient des prototypes et nous devrons en fabriquer entièrement pour vous. Le revêtement est très spécifique, il faudra que ce soit fait sur mesure…

— Tant pis. Je comprends. En mon absence, il faudra donc confier la garde de ma prisonnière à des hommes de confiance. Merci à vous, M. Chen.

Puis je raccroche, je me lève et je sors du bureau d'Esguerra.

Mais il y a encore un autre problème que je dois régler aujourd'hui.

* * *

Ana, la gouvernante d'une soixantaine d'années qui travaille chez Esguerra m'ouvre la porte.

— Bonjour, Señor Kent, dit-elle en anglais avec son accent espagnol, vous cherchez le Señor Esguerra ? Il vient juste de monter pour aller prendre une douche.

— Non, ce n'est pas lui que je cherche. Je souris à la vieille dame. Puis-je entrer ?

— Bien sûr. Elle recule et me fait entrer dans le vaste et luxueux vestibule. Nora est au bord de la piscine. Vous désirez lui parler ?

— Non plus. Je marque une pause et je jette un coup d'œil autour de moi avant de demander à la gouvernante : est-ce que Rosa est là ? J'aimerais lui demander quelque chose.

— Oh ! Ana semble prise au dépourvu, mais elle retrouve vite sa contenance et me dit : oui, elle est dans la cuisine, elle m'aide à préparer le dîner. Venez par ici. Elle me précède, nous passons une grande porte et après un large escalier en arc de cercle nous entrons dans la cuisine.

Il y règne un délicieux arôme d'ail rôti. Quant à Rosa, elle est debout à côté d'un évier étincelant, elle nous tourne le dos et épluche des légumes.

— Rosa ! Ana l'appelle et lui dit : voici quelqu'un pour toi.

La bonne se retourne vers nous et je la vois écarquiller les yeux avant de rougir.

— Lucas !

— Bonjour Rosa, dis-je en gardant un ton neutre. Tu as une minute ?

Elle hoche la tête et s'essuie rapidement les mains avec un torchon.

— Oui, bien sûr. Un sourire joyeux apparaît sur ses lèvres. Que puis-je faire pour toi ?

Je me retourne vers la gouvernante, mais Ana s'empresse déjà de sortir, elle a bien compris que je souhaite être seul avec Rosa.

— Merci pour la soupe, dis-je en décidant de commencer par ce préambule. C'était délicieux.

— Oh tant mieux ! Elle sourit de plus belle. Je suis contente que tu te sois régalé. C'est une recette de ma mère.

— Attends ! Je fronce les sourcils. C'est toi qui l'as préparée ? Ce n'était pas Ana ?

Rosa devient rouge comme une tomate.

— Oui, c'est moi. Je suis désolée de t'avoir menti l'autre jour. C'est juste que…

— Rosa ! Je lui coupe la parole en levant une main. Je veux épargner toute situation gênante à cette jeune fille. Merci. C'était vraiment délicieux, mais je préférerais que tu ne m'en refasses pas. Et d'ailleurs que tu ne me fasses rien d'autre, d'accord ?

On dirait que je viens de la gifler.

— Bbbien — sûr, dit-elle en bégayant. Je suis désolée, je…

— Et je ne veux pas que tu viennes non plus vers chez moi. Je poursuis sans tenir compte des larmes qui emplissent les yeux de la jeune fille. Je préférerais affronter une douzaine de terroristes plutôt que de faire une chose pareille, mais il faut bien qu'elle comprenne. Tu n'y es pas en sécurité. Ma prisonnière est dangereuse.

— C'est juste que…

— Écoute, dis-je en ayant l'impression de faire preuve de cruauté envers un enfant, tu es jolie et tu es très gentille, mais tu es beaucoup trop jeune pour moi. Quel âge as-tu, dix-huit ans ?

Rosa relève le menton.

— Vingt-et-un ans.

— D'accord. Ce qui me frappe c'est qu'elle n'a qu'un an de moins que Yulia et que je n'ai jamais pensé que l'espionne ukrainienne soit trop jeune pour moi. Et pourtant je continue sans fléchir : et moi j'en ai trente-quatre. Tu devrais trouver quelqu'un qui soit plus proche de ton âge. Un type bien qui apprécierait tes qualités.

— Bien sûr. À ma grande surprise, la bonne se ressaisit et reprend sa contenance de manière remarquable. Elle sèche ses larmes et me sourit avec calme, bien qu'elle continue de rougir un peu.

— Tu n'as pas besoin de t'inquiéter, Lucas, je ne viendrai plus t'embêter.

Je fronce les sourcils sans savoir si je peux vraiment la croire, mais elle s'est déjà retournée pour s'occuper de nouveau de ses légumes.

DEUXIÈME PARTIE :
BRISER LE SILENCE

CHAPITRE QUINZE

❖ YULIA ❖

Pendant la semaine qui suit, Lucas et moi commençons à avoir nos habitudes, mais ce n'est pas facile. Il couche avec moi à la moindre occasion, au moins deux ou trois fois par nuit, une fois par jour et nous mangeons toujours nos repas dans la cuisine. Je passe le reste du temps à regarder la télévision ligotée sur la chaise ou à dormir menottée auprès de Lucas.

— Tu crois que je pourrais lire ? Je lui pose cette question après deux jours où j'ai regardé la télévision sans interruption. J'aime lire et ça me manque.

— Qu'aimes-tu lire ? Lucas montre un intérêt inhabituel.

— N'importe quoi. Ma réponse est sincère. Des romans d'amour, des policiers, de la science-fiction, des essais. Je ne suis pas difficile, j'aime juste avoir un livre entre les mains.

— D'accord, concède-t-il et, le lendemain il m'emmène dans une petite pièce qui se trouve à côté de la chambre. Tout comme dans le reste de sa maison, il y a peu de meubles. Mais c'est beaucoup plus agréable grâce à un bureau, de grandes étagères pleines de livres et un fauteuil confortable à côté d'une grande baie vitrée qui donne sur la forêt.

— C'est ta bibliothèque ? Je lui pose la question avec étonnement, j'ai toujours pensé que mon geôlier était un soldat, quelqu'un qui s'intéresse davantage aux armes qu'aux livres. Il est plus facile d'imaginer Lucas se servir d'une machette que de lire tranquillement dans cette pièce.

— Bien sûr que c'est à moi. Appuyé dans l'embrasure de la porte, il me lance un regard amusé. A qui d'autre ?

— Et tu les as tous lus ? Je m'approche des étagères pour examiner les titres des livres. Il doit bien y en avoir des centaines, surtout des romans policiers. Je vois aussi un certain nombre de biographies et d'autres livres comme des ouvrages de vulgarisation et d'autres sur la finance.

— La plupart d'entre eux, répond Lucas. J'en commande beaucoup à la fois pour avoir toujours quelque chose à lire quand j'ai du temps devant moi.

— Je vois. Je ne sais pas pourquoi je suis aussi stupéfaite de découvrir cet aspect de sa personnalité. J'ai toujours pensé que Lucas était très intelligent, mais je m'étais limitée au stéréotype du mercenaire endurci, quelqu'un dont la vie tourne autour des armes et du combat. Le fait qu'il soit entré directement dans la Marine après le lycée n'a fait que renforcer cette impression.

J'ai sous-estimé mon adversaire et je dois veiller à ne pas reproduire cette erreur.

Je m'arrête devant la baie vitrée et je me retourne vers lui pour l'interroger.

— Mais quand as-tu pu acheter tous ces livres ? Je croyais que tu avais passé plusieurs années dans la clandestinité après avoir quitté la Marine.

Le regard de Lucas se durcit un instant puis il hoche la tête.

— Oui, c'est vrai. J'oublie toujours à quel point tu es bien renseignée à mon sujet. Il traverse la pièce pour se rapprocher de moi. J'en ai acheté l'essentiel l'an dernier quand Esguerra a décidé que le domaine serait notre principal lieu de résidence. Avant nous voyagions dans le monde entier et je gardais une douzaine de mes livres préférés stockés quelque part. Et encore avant, je n'avais rien à moi, c'était plus facile pour me déplacer.

— Mais tu ne veux plus vivre comme ça. J'avance cette hypothèse en l'examinant. Tu veux avoir quelque chose, avoir une maison.

Il me fixe puis éclate de rire.

— Sans doute ! Je n'y ai jamais pensé, mais oui il me semble que j'en ai eu assez de ne jamais coucher deux fois de suite dans le même lit. Quant à avoir quelque chose ? Il me parcourt du regard et sa voix devient plus grave. Oui, ce n'est pas faux. J'aime bien quand les *choses* m'appartiennent.

Je rougis en détournant les yeux comme si je regardais par la fenêtre. J'ai bien remarqué à quel point Lucas est possessif. Je sais que mon geôlier croit que je lui appartiens, et c'est effectivement le cas. Il contrôle chaque aspect de ma vie : ce que je mange, le moment où je dors, les vêtements que je porte, et même le moment où je vais aux toilettes. Quand je ne suis pas attachée, je suis avec lui et une grande partie de ce temps-là nous le passons au lit où il fait de moi ce qu'il lui plaît.

Si je n'avais pas aussi envie de lui qu'il a envie de moi, ce serait l'enfer.

— Yulia… Je reconnais le désir dans sa voix tandis qu'il se rapproche encore de moi. Sa grande main plonge dans mes cheveux pour les rejeter d'un côté et me découvrir le cou. Il se penche et m'embrasse sous l'oreille puis glisse sa main restée libre sous la chemise d'homme que je porte en guise de robe. Plongeant entre mes jambes il trouve mon sexe et je ne peux m'empêcher de gémir quand il me pénètre de deux doigts en m'étirant pour mieux me posséder.

Et pendant les deux heures suivantes, alors que Lucas me baise sur un bras du fauteuil, les livres sont le dernier de nos soucis.

* * *

Après ce jour-là dans la bibliothèque, la qualité et la variété de mes distractions s'améliorent. Au lieu de regarder la télévision toute la journée, je passe une partie de la journée seule à lire près de la grande baie vitrée. J'obtiens aussi une autre concession, je suis mieux assise et mes mains sont menottées devant moi de manière à pouvoir tenir un livre et le lire. Tous les matins après le petit déjeuner, Lucas m'attache sur le fauteuil et laisse à mes mains menottées juste assez de mouvement pour tourner les pages et je lis jusqu'au déjeuner quand il vient me donner à manger et me laisser me dégourdir les jambes.

— Tu sais que je ne suis pas un chien qui fait ses besoins à heures fixes. Un beau jour, j'ose me plaindre et je lui demande : que se passera-t-il si j'ai vraiment envie d'aller aux toilettes et que tu n'es pas à la maison ?

À mon soulagement, il ne me fait pas remarquer à quel point je suis devenue gâtée. À la place, il me donne un petit instrument qui ressemble à un ancien bipeur.

— Si tu appuies sur ce bouton, je recevrai un message, explique-t-il. Et si je le peux, je reviendrai. Ou j'enverrai quelqu'un t'aider.

— Merci, dis-je avec une réelle gratitude et un espoir croissant.

Peut-être un jour va-t-il vraiment me libérer ou au moins me laisser assez de liberté pour me permettre de m'enfuir.

Mais évidemment, je sais que je ne peux pas compter là-dessus. Chaque jour, Lucas passe une partie du repas à m'interroger et même si jusqu'ici il est tombé sur un mur, j'ai peur qu'il finisse par perdre patience et qu'il ait recours à des méthodes plus efficaces pour m'extorquer des renseignements.

Je ne suis pas ici depuis bien longtemps et je sens déjà monter sa frustration.

— Tu ne leur dois strictement rien, dit-il rageusement quand je refuse pour la cinquième fois de lui parler de l'agence. Putain, ils t'ont prise quand tu étais encore une enfant. Quel genre de salauds envoie une gamine de seize ans dans une ville corrompue comme Moscou en lui disant de coucher avec des types du gouvernement pour obtenir leurs secrets ? Merde, Yulia, comment peux-tu faire preuve de loyauté envers ces fils de putes ? demande-t-il en tapant sur la table.

Oui, comment donc ? Je voudrais lui crier dessus, lui dire qu'il n'a rien compris, mais je garde le silence en regardant mon assiette. Si je dis quoi que ce soit, je mettrai Misha en danger et sa vie sera fichue. Ce n'est pas envers Obenko, ni l'agence, ni même l'Ukraine que je suis loyale.

C'est envers mon frère, la seule famille qu'il me reste.

À mon soulagement, Lucas n'insiste pas malgré mon silence et change finalement de sujet pour parler de l'intrigue d'un policier que j'ai lue aujourd'hui et qui se passe après l'Apocalypse. Nous en parlons dans les moindres détails comme nous le faisons souvent à propos de livres et de films et nous tombons d'accord, l'auteur a fait preuve d'habileté pour expliquer comment les savants n'ont pas pu empêcher la Boue Grise d'envahir le monde. Le repas se termine bien, mais ma détermination à m'enfuir en sort renforcée.

Lucas finira par en avoir assez de mon silence et je ne veux plus être ici ce jour-là.

CHAPITRE SEIZE

❖ YULIA ❖

En préparant ma fuite, je m'aperçois que je suis confrontée à trois gros obstacles : le fait d'être ligotée en l'absence de Lucas, le degré de sécurité militaire du domaine, et Lucas lui-même. Chacun de ces obstacles suffirait à m'arrêter, mais la combinaison des trois rend ma fuite pratiquement impossible.

En apparence, ce ne devrait pas être bien difficile. Quand Lucas est chez lui, je suis habituellement détachée, il me laisse manger à table et même faire quelques exercices d'assouplissement et de musculation pour rester en forme. Mais pendant ce temps-là, il garde toujours l'œil sur moi et je sais que je ne peux pas l'emporter en me battant contre lui. Même si je parvenais à attraper un couteau, il réussirait sans doute à me l'arracher avant que je puisse le blesser sérieusement. Ce serait différent avec un fusil, mais je n'ai jamais rien vu de plus dangereux qu'un couteau de cuisine dans la maison. Je sais que Lucas a des armes, je l'ai vu avec un fusil d'assaut le premier jour, mais il doit les garder dans sa voiture ou à un autre endroit à l'extérieur de la maison.

Contrairement aux apparences, j'ai plus de chances de m'enfuir quand il n'est pas là.

Dans ce but, chaque fois que je suis ligotée j'examine la corde pour voir si Lucas a laissé du jeu et chaque fois je découvre que non. C'est toujours assez serré pour me ligoter sans me couper la circulation. Je ne veux pas laisser des écorchures qui me trahiraient et je ne tire donc pas trop fort sur la corde. Et même si je parvenais à m'échapper, il faudrait passer sous les tours de garde et entrer dans une jungle patrouillée par les hommes d'Esguerra et par des drones haut de gamme, en imaginant que Lucas ne m'a pas rattrapée avant.

Pour avoir la moindre chance, il faut que mon geôlier soit très loin et que je connaisse les horaires des patrouilles.

J'essaie de les soutirer à Lucas un jour que nous sommes au lit, détendus et repus après avoir longtemps fait l'amour.

— Comment est-ce que tu t'es fait ça ? Je l'interroge tout en passant le doigt sur un bleu qu'il a à la cage thoracique. Le domaine n'a pas été attaqué, si ?

Mon inquiétude est seulement partiellement feinte ; je n'ai pas du tout envie que Lucas soit blessé. Il semble invulnérable tellement il est musclé, mais je sais que ça ne peut pas le sauver ni d'une bombe ni d'un coup de feu. Dans son métier, l'espérance de vie est beaucoup plus courte qu'ailleurs, ce qui me rend malade d'inquiétude quand j'y pense trop.

— Non, personne n'oserait attaquer le domaine, dit Lucas en souriant. Je me suis fait ce bleu à l'entraînement, voilà tout.

— Je vois. Et sans savoir ce qui me prend, j'embrasse l'endroit contusionné avant de relever les yeux pour croiser son regard. Et pourquoi n'attaquerait-on pas le domaine ? Ton patron a pourtant beaucoup d'ennemis.

— Effectivement. Les yeux de Lucas s'assombrissent tandis qu'il glisse la main dans mes cheveux et me guide plus bas, vers son ventre. Mais ça serait du suicide de venir ici. La sécurité est trop parfaite. Et, maintenant, dit-il en poussant ma tête vers sa verge en érection, je veux quelque chose d'autre de parfait.

En cachant ma déception, je referme mes lèvres autour de sa verge et je le suce vigoureusement comme il l'aime.

Lucas est trop malin pour me donner les informations dont j'ai besoin sur la sécurité des lieux ce qui signifie que je vais devoir trouver autre chose.

* * *

Alors que les journées se traînent sans que je me rapproche davantage d'un plan de fuite qui soit viable, je me console en me disant que je mets ce temps à profit pour me remettre du calvaire de mon emprisonnement en Russie et pour reprendre des forces. Comme je reste assise presque toute la journée et que je mange tout ce que me donne Lucas jusqu'à la dernière miette, même si ses repas sont monotones, je reprends du poids et je retrouve les formes que j'ai perdues pendant les semaines où je suis presque morte de faim. Après neuf jours chez Lucas je ne suis plus un squelette et j'ai une envie folle de manger autre chose que des sandwiches et des corn-flakes avec du lait froid.

— Tu sais, lui dis-je un jour après avoir eu un sandwich de plus pour le déjeuner, tu devrais vraiment me laisser faire la cuisine. Je peux cuisiner des omelettes, de la soupe, du poulet, de l'agneau, de la purée, du riz, des desserts, tout ce que tu voudras en fait. Si tu n'as pas confiance en moi et que tu ne veux pas me donner de couteau, tu pourrais m'aider en coupant ce qu'il faudrait. Je me contenterai de l'assaisonnement et tu serais parfaitement en sécurité, sauf si tu gardes de la mort-aux-rats dans ta cuisine.

Il se met à rire, ce qui me donne l'impression qu'il va refuser ce que je lui propose, mais le même après-midi il apporte plusieurs cagettes d'aliments, toutes sortes de fruits et de légumes, deux poissons différents, plusieurs poulets, une douzaine de côtes d'agneau, et tout un choix d'épices variés.

— D'où cela vient-il ? Je lui pose la question en regardant ce trésor avec étonnement. On pourrait nourrir cinq personnes avec ce qu'il a apporté, à condition de savoir le préparer.

— Esguerra est livré toutes les semaines, j'ai pris ce qu'il fallait pour nous, dit Lucas. J'ai pensé qu'il était temps de voir ce que tu sais faire en cuisine.

Je ne peux cacher ma surprise et ma joie.

— Tu vas me faire confiance en cuisine ?

— Je vais te faire confiance pour me donner des instructions. Il sourit. Tu seras assise là-bas (il désigne la table de cuisine) et tu me diras exactement ce qu'il faut faire. Je suivrai tes ordres, et qui sait ? J'apprendrai peut-être quelque chose.

— D'accord, lui dis-je, vraiment enthousiasmée à l'idée de donner des ordres à Lucas. On peut faire ça. Commençons par débarrasser, et ce soir on fera des côtelettes d'agneau avec des pommes de terre à l'ail et une salade verte.

CHAPITRE DIX-SEPT

❖ LUCAS ❖

Tout en épluchant les pommes de terre et en hachant l'ail selon les instructions de Yulia, elle se prélasse sur la chaise de cuisine et ses yeux bleus brillent d'amusement.

— Tu sais que tu n'as pas besoin d'enlever la moitié des pommes de terre en les épluchant, non ? Elle jette un coup d'œil en souriant au tas de pommes de terre mal en point qui s'entassent sur le plan de travail. C'est la première fois que tu le fais ?

— Non, dis-je en faisant de mon mieux pour faire des épluchures plus fines cette fois-ci. Mais c'est plus difficile que ça en a l'air. Et maintenant, je sais pourquoi.

— On ne te faisait pas éplucher de pommes de terre dans la Marine ?

— Non, ça, c'est de l'histoire ancienne. Nous avions des sous-traitants qui s'occupaient du mess.

— Je vois. Eh bien, tu as besoin d'un éplucheur à légume, dit-elle en croisant ses longues jambes. Comme pour tout le reste, c'est mieux d'avoir le bon ustensile.

— Un éplucheur. C'est noté. Je me souviendrai d'en commander un. Et je fais de mon mieux pour ne pas regarder ses jambes nues qui me feraient perdre ma concentration. Il y a quatre jours, je me suis finalement procuré des vêtements pour Yulia, mais ce sont de légères tenues d'été et je m'aperçois maintenant de mon erreur.

Avec un tee-shirt qui lui arrive à mi-ventre et un minuscule short en jean, le corps de Yulia qui a repris ses formes est impossible à ignorer.

— Bon, ça fait assez de pommes de terre comme ça, il me semble, dit-elle en se levant. Ses tongs, les seules chaussures que je lui ai données, claquent sur le carrelage quand elle vient vers moi. Et maintenant, nous devons prendre l'ail, le mélanger avec l'aneth, le sel, le poivre et tout mettre dans une poêle à frire. Tu as de l'huile n'est-ce pas ?

— De l'huile ? Laisse-moi regarder. J'attrape une bouteille d'huile d'olive dans le placard de gauche. J'en verse sur les pommes de terre ?

Elle s'assied sur le bord du comptoir.

— Tu plaisantes, non ?

Je fronce les sourcils, je n'aime guère qu'elle se moque de moi.

Elle éclate de rire.

— Lucas, sérieusement. Tu n'as jamais fait de pommes de terre sautées ?

— Non, rien de mangeable. Je l'admets à contrecœur. J'ai dû essayer une fois ou deux et j'ai laissé tomber.

— D'accord. Yulia s'arrête de rire assez longtemps pour m'expliquer. Tu verses de l'huile dans la *poêle*. Non pas autant. Elle prend la bouteille de mes mains avant que je puisse en verser plus du quart. En riant comme une folle, elle attrape du sopalin et le trempe dans l'huile pour absorber ce qu'il y a de trop. Les pauvres pommes de terre, on ne va pas faire des frites, m'explique-t-elle quand elle a de nouveau repris son souffle.

— Entendu, dis-je en la regardant prendre les pommes de terre et l'ail et tout mettre dans la poêle. Elle a des gestes rapides et décidés, ses mains fines bougent avec grâce et précision.

Elle ne mentait pas en disant qu'elle savait cuisiner.

— Dommage que nous n'ayons pas de l'aneth frais, dit-elle en attrapant un des flacons sur l'étagère à épices. Mais je pense que l'aneth séché ira aussi. La prochaine fois si ce plat te plaît, crois-tu que tu pourrais te procurer des herbes fraîches ?

— Bien sûr. *Des herbes fraîches.* Je le retiens aussi. Je peux tout trouver.

— Très bien. Et maintenant si ça ne te dérange pas je vais moi-même faire l'assaisonnement. Les pommes de terre ne seront pas bonnes si tu mets la moitié de la salière. J'ai l'impression qu'elle va se remettre à rire.

— Mais je t'en prie, dis-je en reprenant le couteau avec lequel j'ai épluché les légumes. Je te laisse cette tambouille.

Et pendant la demi-heure qui suit, je regarde Yulia virevolter dans la cuisine en chantonnant. Elle assaisonne les pommes de terre, les fait sauter, fait mariner les côtes d'agneau et lave la salade. Elle vibre presque d'énergie et d'excitation et je m'aperçois que c'est un aspect de sa personnalité que je n'ai encore jamais vue, d'habitude elle est tellement discrète en ma présence.

Évidemment ce n'est pas étonnant. J'ai beau ne pas lui avoir fait de mal, c'est ma prisonnière et je sais qu'elle ne me fait toujours pas confiance. Et j'ai beau insister pour obtenir des réponses à mes questions, soit elle change de sujet, soit elle refuse de me répondre. C'est agaçant, mais je m'efforce de rester patient.

Quand Yulia comprendra que je n'ai vraiment pas l'intention de lui faire de mal, j'espère qu'elle verra clair et qu'elle renoncera à protéger ceux qui ont saccagé sa vie. En attendant, je ne peux que lui assurer un certain confort et restreindre sa liberté jusqu'à ce qu'arrivent les implants que j'ai commandés.

— Et voilà ! dit-elle quand retentit la sonnette du four. En souriant gaiement, elle se penche pour prendre les côtes d'agneau et ma queue se raidit en voyant son derrière dans ce short minuscule.

Si la viande ne sentait pas aussi bon, j'aurais traîné Yulia sur-le-champ dans la chambre.

En tout état de cause, pendant qu'elle porte le plat sur la table je respire longuement plusieurs fois de suite pour me contrôler. C'est ridicule. J'ai toujours eu une libido très active, mais avec Yulia je suis comme un adolescent en rut devant son premier film porno. J'ai tout le temps envie de la baiser et ce, quel que soit le nombre de nos escapades. Mon désir ne faiblit pas.

En fait, il augmente.

J'ai besoin de respirer profondément encore un peu plus longtemps avant de calmer mon érection. Entretemps, Yulia a joliment arrangé la salade dans un saladier et posé les pommes de terre dans la poêle sur une serviette bien pliée sur la table. J'imagine que c'est pour éviter de la brûler, une astuce que faisait aussi la gouvernante de mes parents.

Finalement, nous nous attablons tous les deux pour manger.

— Yulia, c'est incroyable ! dis-je après avoir avalé la moitié de mon assiette en moins d'une minute. Il y a bien longtemps que je n'ai rien mangé d'aussi bon.

Elle m'adresse un sourire de satisfaction et prend sa côte d'agneau entre les doigts.

— Je suis contente que ça te plaise.

— Que ça me plaise ! Mais je me régale ! Je ne me souviens pas d'avoir aussi bien mangé. Les pommes de terre sont parfaites avec l'agneau qui est succulent et la salade verte craquante et un peu acidulée. Si je pouvais manger comme ça trois fois par jour, je le ferais.

Yulia sourit de plus belle.

— Bien ! J'avais pensé faire aussi un dessert, mais j'ai pensé que nous aurions assez mangé comme ça. À la place, on prendra juste du raisin.

— Comme tu veux. Je lui réponds la bouche pleine. C'est parfait.

Elle se met à rire et continue à manger. Nous mangeons silencieusement, c'est un silence amical et complice et quand nous avons presque tout dévoré, je mets de côté les restes et je fais la vaisselle. Je le fais machinalement, sans réfléchir, et c'est seulement en m'asseyant pour manger du raisin que je m'aperçois à quel point je suis satisfait.

Non, pas seulement satisfait.

Je suis heureux, bordel !

Ce repas, le gai sourire de Yulia et la perspective de bientôt coucher avec elle, tout contribue à rendre cette soirée vraiment très agréable. Et en prenant une grappe de raisin, je m'aperçois que mon bonheur ne se limite pas à aujourd'hui.

La semaine qui vient de s'écouler, depuis que j'ai décidé de garder Yulia avec moi, est la plus heureuse dont je me souvienne.

— Alors Lucas, dit Yulia avant que je puisse me faire à cette idée, dis-moi… Ses lèvres douces essaient en vain de réprimer un sourire. Comment as-tu pu arriver à ce point de ta vie, sans jamais avoir épluché aucune pomme de terre ?

Je prends un grain de raisin dans la bouche en réfléchissant à sa question.

— J'imagine que j'ai eu une enfance choyée, dis-je après avoir avalé le grain de raisin. Nous avions une gouvernante, si bien que ni l'un ni l'autre de mes parents n'avaient de corvées à faire et ils ne m'obligeaient pas à en faire non plus. Plus tard, quand j'étais dans la Marine, nous mangions ce qu'on nous servait, et ensuite… Je hausse les épaules en me souvenant de cette misérable période où je campais dans la jungle avec de petits groupes d'hommes aussi incontrôlables et aussi malheureux que moi. J'imagine que pour moi il fallait manger pour vivre, c'est tout. Du moment que je n'avais pas faim, je n'y pensais pas.

— Je vois. Elle me regarde d'un air pensif. Et qu'est-ce qui t'a poussé à partir de chez toi ? Ce n'est pas évident de s'enrôler dans la Marine quand on vient d'une bonne famille.

— Sans doute, c'est vrai. En tout cas, mes parents ont pensé que c'était de la folie. Mais pour moi à l'époque cette décision semblait la bonne.

— Et pourquoi ? Yulia semble vraiment surprise. Il n'y a pas de service militaire aux États-Unis. Tu avais envie de défendre ton pays ?

Je me mets à rire.

— En quelque sorte. Je ne vais pas lui parler du voyou que j'ai tué dans le métro de Brooklyn ni de l'ivresse affreuse de voir son sang répandu sur mes mains. Elle a déjà peur de moi ; elle n'a pas besoin de savoir qu'à dix-sept ans j'étais déjà un meurtrier.

— C'est vraiment admirable de ta part, dit Yulia, et j'entends du scepticisme dans sa voix. Quelle belle preuve d'altruisme !

— Ouais, il fallait bien que quelqu'un se dévoue. Je mords un autre grain de raisin en laissant la fraîcheur sucrée de son jus couler dans ma gorge. Comme je veux qu'elle laisse tomber ce sujet, j'ajoute : comme il fallait bien devenir espionne, non ?

Comme je pouvais m'y attendre, elle se referme sur elle-même et son visage prend la même expression butée qu'elle a toujours quand je m'approche de trop près de ce sujet.

— Voudrais-tu du thé ? demande-t-elle en se levant. J'ai vu de l'Earl Gray dans l'une de ces boîtes.

Je m'adosse à la chaise en la regardant.

— D'accord. Je pourrais compter sur les doigts d'une seule main le nombre de fois que j'ai bu du thé, mais j'en ai acheté parce que je me suis souvenu que Yulia en buvait au restaurant de Moscou où nous nous sommes rencontrés pour la première fois. Je pourrais en prendre une tasse.

Elle fait bouillir de l'eau et nous sort deux tasses, ses gestes sont toujours aussi gracieux. Tout en elle est empreint de grâce, elle me fait penser à une danseuse.

— As-tu fait de la danse classique ? Je lui pose cette question qui me traverse l'esprit. Ou s'agit-il d'un lieu commun sur les filles de l'Est ?

Yulia se retourne vers moi avec une tasse dans chaque main.

— C'est *vraiment* un lieu commun, dit-elle le visage moins tendu. Mais dans mon cas, c'est vrai. Mes parents m'ont fait suivre des cours de danse classique dès l'âge de quatre ans. Ils croyaient que ça m'aiderait à surmonter ma timidité.

— Tu étais timide quand tu étais petite ?

— Très timide. Elle revient vers la table. Je n'étais pas jolie, loin de là. Les autres enfants se moquaient souvent de moi.

— Vraiment ? Je ne peux pas imaginer que tu n'aies pas toujours été belle. Je prends la tasse que me tend Yulia. Comment devient-on la femme la plus séduisante que je connaisse en ayant été une vilaine petite fille ?

Ses hautes pommettes se mettent à rougir violemment.

— Mais je ne suis pas la Belle Hélène ! Elle s'assied en prenant sa tasse entre les deux mains. Pourtant ma mère était jolie et je dois tenir d'elle, mais ça s'est révélé plus tard, après la puberté. Avec l'aide de mon appareil dentaire d'ailleurs. Elle m'adresse un grand sourire qui montre ses dents blanches et régulières.

— Ouais, c'est ça ! dis-je ironiquement. En un clin d'œil, le laideron est devenu une beauté !

Elle hausse les épaules en rougissant de plus belle et brusquement je l'imagine quand elle était petite et si timide.

— Je suis sûr que tu étais *vraiment* mignonne, dis-je en l'examinant. Avec tes cheveux blonds et tes yeux bleus. Mais tu ne le savais pas. C'est pour ça qu'on t'a tiré de l'orphelinat, non ? Parce qu'on a vu le potentiel que tu avais ?

Yulia se raidit et je sais que je me suis encore trop approché du sujet tabou. Mon humeur s'assombrit en me disant que depuis les derniers jours je n'ai pas progressé d'un millimètre avec elle. Elle a beau me sourire, me faire la cuisine et me laisser coucher avec elle, elle ne me fait toujours pas confiance.

— Yulia... Je repousse ma tasse. Tu sais que ça ne peut pas durer indéfiniment, non ? Un de ces jours, il va bien falloir me parler.

Elle baisse les yeux vers sa tasse, sa posture ne signifie qu'une chose, elle veut que je batte en retraite.

— Yulia... Je suis sur le point de me mettre en colère, mais je réussis à me contrôler. Je me lève et je vais vers elle pour qu'elle se lève aussi. La prenant dans mes bras je fixe ses yeux rebelles. Qui sont ces gens ?

Elle garde le silence et baisse ses longs cils pour me dissimuler ce qu'elle pense.

— Pourquoi ne veux-tu pas m'en parler ?

Elle ne répond pas et garde les yeux fixés sur mon cou.

Je la serre plus fort et elle réagit en se raidissant entre mes bras. En m'apercevant que je lui ai fait mal malgré moi, je m'oblige à dénouer les mains et à la lâcher. Je commence à être furieux, ce qui n'est pas la solution. Comme je n'ai pas l'intention de la torturer, il faut que j'obtienne sa confiance pour obtenir des réponses à mes questions, et ce n'est pas comme ça que je vais y arriver.

En respirant profondément pour retrouver mon contrôle, je lève la main et je lui glisse les cheveux derrière l'oreille en veillant à ce que ce geste soit doux et dénué de menace.

— Yulia… Je caresse sa joue du dos de la main. Ma chérie, ils ne sont pas dignes de ta loyauté. Ils ont saccagé ta vie. Ce qu'ils t'ont infligé est mal, tu le vois bien ? Je t'ai dit que je te protégerai, je te protégerai d'eux et de quiconque voudrait te nuire. Tu ne dois pas avoir peur de me parler. Je ne ferai pas volte-face une fois que tu m'auras donné ces renseignements. Tu as ma parole.

Elle relève les cils et croise mon regard.

— Et que feras-tu si je te dis qui ils sont ? Qu'arrivera-t-il à l'agence ?

Je m'efforce de contenir un sourire de satisfaction. Elle n'a jamais été aussi près de céder.

— Nous nous occuperons d'eux.

— De la même manière dont vous vous êtes occupés d'Al-Quadar ? Elle écarquille les yeux et semble partagée entre la curiosité et l'espoir. Vous les ferez disparaître ?

— Oui, ils ne pourront plus rien te faire. Quand nous en aurons terminé, il n'y aura plus personne en rapport avec cette organisation qui risque de te nuire. En lui disant ça, mon intention est de la rassurer, de lui faire entrevoir un avenir meilleur, mais tout en parlant je la vois blêmir.

Elle s'éloigne de moi, baisse de nouveau les cils pour me dissimuler son regard et brusquement j'ai un soupçon.

— Yulia… Je l'attrape par le bras quand elle se détourne de moi. Je la retourne et je fixe son visage blême. Tu les protèges ? Tu protèges un des leurs ?

Elle ne dit rien, mais je vois à quel point son visage est tendu ainsi que la peur qu'elle essaie tellement de me cacher. Il ne s'agit ni de simple loyauté envers un patron ni de sollicitude pour ceux qui travaillent avec elle.

Elle est terrifiée de ce qui risque de leur arriver, comme on l'est pour quelqu'un que l'on aime.

Stupéfait, je lui lâche le bras en reculant. Je ne comprends pas pourquoi je n'y ai jamais encore pensé. J'étais tellement obsédé par l'idée qu'on lui a pourri la vie que je ne me suis jamais demandé si elle pourrait avoir quelqu'un de cher en Ukraine.

Si elle pouvait y avoir un amant en dehors de son travail.

* * *

Je passe le reste de la soirée à agir machinalement. Esguerra et moi avons une autre communication tardive avec l'Asie si bien que je ligote Yulia dans mon bureau pour la laisser lire tandis que je travaille. Elle est inhabituellement méfiante à mon égard, elle me regarde comme si j'étais sans cesse sur le point de l'agresser et sa peur renforce la rage qui bouillonne au fond de mon cœur. J'ai toutes les peines du monde à lui donner un livre et à sortir de la pièce sans l'empoigner et exiger qu'elle me réponde.

Il ne faut pas être violent avec elle. Non, je ne peux pas l'être et je ne le serai pas.

En écoutant nos fournisseurs malaisiens débattre de la qualité de la dernière production de plastique explosif, j'essaie de ne pas penser à ma captive, mais c'est impossible. Maintenant que j'ai cette idée dans la tête, il m'est impossible de la déloger.

Un amant. Un homme qui compte pour Yulia et qu'elle veut protéger.

Cette seule idée m'emplit de rage et d'envie de tuer. Qui est-ce ? Un autre agent de la même organisation ? Peut-être quelqu'un qu'elle a rencontré pendant sa formation ? Ce n'est pas impossible. Elle aurait été très jeune à l'époque, mais une jeune fille de cet âge tombe facilement amoureuse. Il aurait pu suivre la même formation qu'elle, c'est quelqu'un, dont elle se serait sentie proche parce qu'ils partageaient les mêmes expériences. À moins qu'il n'ait été plus âgé, un formateur ou un agent déjà formé. Kirill n'a sans doute pas été le seul à remarquer que le vilain petit canard se métamorphosait en cygne.

Plus j'y réfléchis, plus ça me paraît vraisemblable. Ils auraient pu se rencontrer pendant leur formation et leur histoire d'amour se serait poursuivie ensuite. Ce n'est pas parce que le travail de Yulia consistait à cibler des hommes et à s'en rapprocher pour obtenir des renseignements qu'elle ne pouvait avoir une véritable relation en douce. Et si c'était le cas, un autre agent secret aurait été le choix le plus logique. Quelqu'un de son organisation aurait pu comprendre ce qu'elle faisait et lui aurait pardonné ce qu'elle devait faire.

Il aurait compris qu'elle accepte que je la baise alors qu'elle était amoureuse de *lui*.

Le crayon que je tripote pendant l'appel téléphonique se casse entre mes mains, un bruit soudain et violent pendant une pause de la conversation. Esguerra hausse les sourcils et me jette un coup d'œil glacial et je me force à ouvrir les mains.

Je ne peux laisser libre cours à ma colère, car je ne peux me permettre de perdre le contrôle. Je dois trouver une nouvelle stratégie, quelque chose qui n'exige pas que Yulia finisse par avoir confiance en moi.

Si je ne me trompe pas, si elle a vraiment un amant elle ne me donnera jamais les renseignements que je recherche.

Elle protégera son agence parce qu'il en fait partie.

* * *

Quand j'arrive dans mon bureau, Yulia continue de lire, sa tête blonde est penchée sur un techno-thriller de Michael Crichton. Elle tient le livre sur les genoux, la seule position possible puisqu'elle est ligotée au fauteuil.

En m'entendant entrer, elle relève la tête, le regard plein de méfiance. Elle s'attend à ce que j'insiste pour obtenir ces renseignements et sa peur ne fait que mettre de l'huile sur le feu.

Eh bien, elle ne va pas être déçue !

— Pourquoi les protèges-tu ? Je traverse la pièce et m'arrête devant elle. Ma voix est froide bien que la colère embrase mes veines. Que représentent-ils pour toi ?

Yulia baisse les yeux à la hauteur de mon ventre.

— Je ne sais pas de quoi tu parles.

— Ne mens pas ! Je m'agenouille devant elle afin que nos yeux soient à la même hauteur. Je tends la main et je l'attrape par la mâchoire pour la forcer à me regarder. Tu ne veux pas que nous nous attaquions à ton organisation. Pourquoi ?

En croisant mon regard, elle garde le silence.

— Est-ce que tu protèges quelqu'un ?

Ses yeux s'ouvrent légèrement et j'entrevois un soupçon de panique dans leurs profondeurs bleues.

— Non, bien sûr que non, dit-elle rapidement.

Elle ment, je le sais, mais je joue son jeu.

— Alors, pourquoi ne rien me dire ?

— Parce qu'ils ne méritent pas ta vengeance. Affolée, elle bafouille à toute vitesse. Ils se contentaient de faire leur travail, de protéger leur pays.

— Alors pour toi c'est uniquement une question de patriotisme ? C'est ça que tu me dis ?

— Bien sûr. Je vois vibrer une veine sur sa gorge. Sinon, pourquoi le ferais-je ?

— Peut-être parce qu'ils se sont emparés de toi quand tu n'étais qu'une enfant, bordel ! Ma main se resserre sur sa mâchoire. Parce que le seul choix qu'ils t'ont donné était entre faire la pute pour eux et moisir à l'orphelinat.

Yulia accuse le coup en entendant la dureté de mes paroles, ses yeux s'emplissent de larmes et je m'arrête en luttant contre un accès de rage. En m'apercevant que je lui fais mal, j'ouvre ma main et la pose sur son genou. Mais comme je serre le poing, elle se recroqueville dans le fauteuil comme si elle avait peur que je la frappe.

Je réussis finalement à ouvrir la main.

— Yulia… Je parviens à prendre un ton plus calme. Mais ce sont des monstres, merde ! Je ne comprends pas que tu ne t'en rendes pas compte.

Elle ferme les yeux et je vois couler une larme le long de sa joue.

— Ce n'est pas si simple, murmure-t-elle en rouvrant les yeux pour me regarder de nouveau. Tu ne comprends pas Lucas.

— Ah non ? Incapable de résister, je lève la main pour lui essuyer le visage. Mon geste est presque tendre, en voyant ses larmes ma colère commence à se calmer. Alors, explique-moi, ma belle. Aide-moi à comprendre.

— Ce n'est pas possible. Encore une autre larme, sa joue est de nouveau mouillée. Je suis désolée, mais ça n'est pas possible.

— Tu ne le peux pas ou tu ne le veux pas ? Il n'y a qu'une explication possible pour qu'elle continue à conserver le silence. Mes soupçons étaient fondés. Yulia tient à quelqu'un là-bas et elle le protège. Et c'est quelqu'un dont elle ne peut pas me parler parce qu'elle sait ce qui arrivera si j'apprends son existence.

Parce qu'elle sait que je le tuerai.

Elle ne répond pas à ma question. À la place, elle dit à voix basse :

— Est-ce que je peux aller aux toilettes s'il te plaît ? J'ai vraiment besoin d'y aller.

Je la fixe et ma rage redouble de plus belle. Dans moins de cinq jours, je pars à Chicago et je n'ai toujours pas la moindre réponse à mes questions.

Tant qu'elle l'aimera, je n'obtiendrai rien d'elle.

Tout en regardant son visage couvert de larmes, une idée me vient. Une idée qu'autrefois j'aurais refusée tant elle est cruelle. Mais maintenant, avec ce nouvel élément qui alimente ma rage, je ne vois pas d'autre solution. Je ne peux pas garder indéfiniment Yulia enfermée chez moi. À un moment ou à un autre, il faudra lui donner plus de liberté, et à ce moment-là je dois être certain qu'elle ne peut ni s'enfuir ni se cacher nulle part.

Je dois être certain qu'elle ne peut pas aller *le* retrouver.

Je mets la main dans ma poche, j'en sors mon canif et je coupe ses cordes tandis qu'elle me regarde, pâle et visiblement terrifiée.

M'obligeant à garder un masque impassible et dur je prends son bras mince et je l'aide à se relever.

— Allons-y ! dis-je d'une voix glaciale.

Et quand je la conduis dans le couloir, ma résolution est prise.

Il est temps de passer à l'action.

Ce soir, d'une manière ou d'une autre, Yulia va parler.

CHAPITRE DIX-HUIT

❖ YULIA ❖

Mon pouls s'emballe sous le coup de l'anxiété tandis que nous nous dirigeons en silence vers la salle de bain. La colère de Lucas est tangible. Elle est différente, d'habitude, plus froide et mieux contrôlée. Il est à la fois furieux et déterminé, et cela m'effraie encore plus que s'il avait laissé éclater sa rage.

Comme d'habitude, il me laisse seule dans la salle de bain et je referme la porte derrière moi puis je m'y adosse pour reprendre mes esprits et calmer les battements frénétiques de mon cœur. Ce que j'ai mangé ce soir pèse une tonne, il y a une semaine que je n'ai pas senti une telle terreur et j'avais oublié son emprise.

Il a menti. Il a menti en me promettant de ne pas me faire de mal. Je pouvais lire ses intentions malveillantes sur son visage, sentir la violence à peine maîtrisée de ses gestes.

Il va me faire quelque chose ce soir, quelque chose de terrible.

Avec la nausée, je vais aux toilettes et je me lave les mains machinalement malgré ma panique. Savoir que Lucas m'a trahie est comme une lance plantée dans ma poitrine. Au début, j'ai pensé qu'il se jouait de moi, mais les jours passants, j'ai lentement commencé à perdre la méfiance naturelle qu'il m'inspirait et je me suis mise à croire que malgré son étrangeté notre vie quotidienne pourrait continuer un certain temps.

J'ai espéré qu'il ne me ferait vraiment pas de mal.

Dura. Dura, dura, dura. Ce mot russe qui veut dire « idiote » me martèle le cerveau. Comment ai-je pu être aussi bête ? Je sais qui est Lucas. Je sais quels démons l'animent. Mon geôlier est un homme qui a quitté la sécurité de sa famille pour s'embarquer dans une vie de danger et de violence, et il ne l'a pas fait pour l'amour de son pays.

Il l'a fait parce que c'est dans sa nature, parce qu'il a besoin de trouver un exutoire à la violence qui est en lui.

J'ai connu d'autres hommes qui lui ressemblaient. Mes formateurs. Et même Obenko. Tous partagent ce trait, cette incapacité de s'intégrer dans une société paisible et d'obéir à ses lois. C'est la raison pour laquelle ils excellent dans leur travail, et c'est ce qui les rend aussi dangereux.

Quand on n'a pas de conscience, c'est facile de faire ce qui doit l'être.

— Yulia ! Il frappe à la porte et je sursaute en m'apercevant que je suis restée là, absorbée dans mes pensées. As-tu fini ? La voix grave de Lucas m'interrompt et je me jette dans l'action, la peur noyée par une poussée d'adrénaline.

— Presque ! J'ai haussé le ton pour qu'il m'entende malgré l'eau qui coule. J'ai juste besoin de me laver la figure.

Tout en laissant couler l'eau pour qu'il ne puisse pas m'entendre, je m'agenouille et j'ouvre le placard qui est sous le lavabo. C'est là, parmi les rouleaux de papier de toilette et les tubes de dentifrice que se trouve ce que j'ai caché pour une telle éventualité.

C'est une petite fourchette en métal que j'ai dérobée à la cuisine il y a deux jours en la glissant dans la poche de mon short tandis que Lucas faisait la vaisselle. Il l'avait laissée dans le tiroir où se trouvent les serviettes de table et d'autres menus objets, vraisemblablement sans même s'en apercevoir. Je l'ai prise avec des serviettes propres pour le déjeuner en espérant ne jamais avoir besoin d'y avoir recours.

Eh bien, maintenant j'en ai besoin. La petite fourchette n'est pas bien dangereuse, mais elle est plus solide qu'une brosse à dents en plastique.

Sans tenir compte de la part de moi qui se révolte à l'idée de blesser Lucas, je prends la fourchette, je la glisse dans la poche arrière de mon short, et je referme le placard.

Je ne peux lui permettre de me faire parler.

C'est la vie de mon frère qui en dépend.

* * *

Toujours en silence, Lucas m'emmène dans la chambre. Je ne commets pas l'erreur de lui sauter dessus dès que je sors de la salle de bain, impossible de le prendre par surprise une deuxième fois. À la place, je marche aussi calmement que possible en essayant d'oublier la petite fourchette qui perce un trou dans ma poche. Comme je sais que Lucas vérifie toujours mes mains, je les laisse pendre tranquillement sur le côté en luttant contre mon instinct qui me dicte ma conduite, il faudrait me protéger et frapper *immédiatement.*

— Déshabille-toi ! dit Lucas en s'arrêtant devant le lit. Il lâche mon bras et recule d'un pas, ses paupières sont lourdes sur ses yeux pâles. Je sens son désir. Un désir violent et puissant malgré la colère froide qui se lit sur les traits durs de son visage.

Ce soir, il ne va pas me faire l'amour tendrement. Il va me faire mal.

J'ai besoin de tous mes moyens pour prendre l'extrémité de mon court tee-shirt et l'enlever en dénudant mes seins sous son regard. J'ai la gorge tellement serrée que je peux à peine respirer, mais je laisse tomber le tee-shirt et je me retourne vers Lucas sans broncher. Il ne faut surtout pas lui montrer à quel point je suis terrifiée, et à quel point je suis bouleversée.

— Le reste ! indique Lucas quand je m'arrête. Son visage n'a pas changé d'expression, mais je vois grossir la protubérance dans son jean. Tu enlèves tout, ou c'est moi qui m'en charge. Les muscles de son bras se gonflent, trahissant son impatience.

Je me force à lui sourire d'un air taquin.

— Ah oui ? Lentement, très lentement, je tends la main vers ma fermeture éclair en priant pour ne pas trembler. Et comment vas-tu faire, en fait ?

Cette provocation fait frémir les narines de Lucas et c'est exactement la réaction à laquelle je m'attendais.

Il tend la main vers moi, passe les doigts en haut de mon short et me tire contre son corps musclé. Je pousse un petit soupir mutin comme si sa violence m'excitait et tout en détournant son attention je glisse la main droite dans ma poche arrière, j'attrape la fourchette et je frappe.

Les événements se précipitent, ma main se rue sur son visage, la fourchette lui vise les yeux tandis que je lève le genou vers ses bourses. Ces deux coups devraient pouvoir le désorienter un instant, ce qui sera décisif, et la combinaison des deux devrait me permettre de m'enfuir.

Cela aurait pu fonctionner, avec n'importe qui d'autre cela aurait fonctionné, mais Lucas n'est pas n'importe qui. J'ai beau être rapide, il l'est encore plus. Il riposte en une fraction de seconde. À peine, ma fourchette le griffe à la pommette et mon genou touche l'intérieur de sa cuisse qu'il est déjà sur moi et me tord le bras derrière le dos à une vitesse implacable. Il me tord le poignet, je ne sens plus ma main. La fourchette glisse de mes doigts et une seconde plus tard je suis sur le lit, couchée sur le ventre et tout le poids de son corps me plaquant au matelas. Je sens vibrer sa verge en érection contre mon derrière, il irradie de rage et de désir et mes vieilles peurs refont surface lorsque les souvenirs me submergent et me donnent la nausée.

Non, je t'en prie, non ! Je ne peux ni bouger ni respirer. Je suis plaquée et incapable de faire quoi que ce soit tandis qu'une main d'homme déchire mes vêtements. L'homme qui est sur moi veut me châtier, me faire mal. J'essaie de me débattre, mais je ne peux rien faire et, une panique noire m'envahit et me fait perdre tout contrôle de moi-même.

— Non, je t'en prie non ! Je me rends à peine compte de mes hurlements, de mes cris et des supplications qui me déchirent la gorge. Je ne sens qu'une chose, ses mains qui baissent mon short le long de mes jambes et ses genoux qui s'enfoncent dans mes cuisses pour les maintenir en place. Il n'y a aucune tendresse dans ses gestes, rien qu'un désir cru et vengeur et ma terreur est totale quand ses doigts s'enfoncent en moi puis vont et viennent brutalement tandis que je crie et que je sanglote de douleur.

— Non, je t'en prie non ! Ce n'est plus Lucas qui est sur moi, ce n'est plus l'homme qui m'a donné du plaisir. C'est le monstre brutal de mes cauchemars, celui qui m'a anéantie corps et âme. Je perds la conscience de la réalité et je m'engouffre dans le passé. Ne fais pas ça ! Arrête, je t'en prie !

Mais le monstre ne s'arrête pas, il ne m'écoute pas.

— Comment je m'appelle ? gronde-t-il sans cesser de faire aller et venir ses doigts. Quel est mon nom ?

— Non, arrête ! Je me débats sous lui, folle de peur. Je ne comprends pas ce qu'il dit ni ce qu'il veut de moi. Il faut que je m'échappe. Il faut qu'il me lâche.

— Lâche-moi !

— Dis-moi comment je m'appelle et je m'arrêterai. Il y a quelque chose d'étrange dans cette phrase, quelque chose qui devrait m'arrêter, mais je n'arrive pas à réfléchir, je ne peux me concentrer que sur la violente terreur qui m'emporte dans son tourbillon.

— Lâche-moi !

Ses doigts s'enfoncent encore plus loin, sa voix est dure et cruelle.

— Dis-moi comment je m'appelle !

— Kirill ! Je hurle son nom, prête à me raccrocher au moindre espoir, si infime soit-il. Je ferai n'importe quoi, je dirai n'importe quoi pour qu'il s'arrête.

Mais il ne s'arrête pas.

— Mon vrai nom en entier !

— Kirill Ivanovich Luchenko!

— Et qui suis-je ?

— Mon entraîneur ! L'horreur s'empare de moi, elle m'anéantit. Arrête, je t'en prie !

— Ton entraîneur à quel endroit ?

— À UUR !

— Qu'est-ce que c'est, UUR ? Son corps s'appuie de tout son poids sur moi et me fait suffoquer. Qu'est-ce que ça veut dire, Yulia ?

— Ukrainskoye… L'étrangeté de la situation finit par traverser ma terreur et je m'immobilise, mon cerveau oscille douloureusement entre le passé et le présent. Cela n'a aucun sens. Tout est différent, rien ne correspond. Les doigts qui me pénètrent sont brutaux, mais ils ne cherchent pas à me déchirer et je ne sens pas l'odeur de l'eau de Cologne.

Il n'y a pas d'eau de Cologne.

— Qu'est-ce que ça veut dire ? Répète l'homme, et pour la première fois j'entends une certaine tension dans sa voix grave et je la reconnais.

Il parle anglais.

Non. Oh, mon Dieu, non ! En comprenant ce qui se passe, il me semble qu'une flèche me perce le cœur.

Ce n'est pas Kirill qui est sur moi.

C'est Lucas.

C'était Lucas depuis le début.

Il m'a fait revivre mon cauchemar et j'ai cédé.

Je lui ai tout dit.

CHAPITRE DIX-NEUF

❖ LUCAS ❖

Yulia s'immobilise sous mon poids, mais son corps mince est encore agité de violents frissons et je sais qu'elle a quitté son cauchemar, qu'elle n'est plus dans son passé qui la terrorise.

Elle est de nouveau avec moi.

Cette victoire devrait me faire plaisir. Le nom de son ancien entraîneur et les initiales de l'agence sont de précieux indices. Nos hackers vont passer l'internet au peigne fin et ce n'est plus qu'une question de temps avant qu'ils ne retrouvent le patron de Yulia et son amant.

J'ai rempli la tâche que je m'étais fixée.

Et pourtant je n'ai pas l'impression d'avoir gagné. J'ai le cœur serré en retirant les doigts du corps de Yulia et je ressens un grand vide, un vide béant à la place de ma rage et de ma jalousie.

Je lui ai fait mal, pas beaucoup, et peut-être pas du tout physiquement. Elle était un peu mouillée et j'ai fait attention de ne pas la blesser. Mais je lui ai tout de même fait mal.

J'ai eu recours aux horreurs de son passé pour la faire céder. Sachant à quel point elle a peur de la violence sexuelle, je lui ai suffisamment fait peur pour qu'elle m'attaque, puis je me suis vengé de la manière qu'elle redoute le plus.

J'ai reproduit les circonstances de son cauchemar pour faire revenir la jeune fille terrifiée qu'elle était à quinze ans.

— Yulia… Je me dégage et je m'assieds, le cœur encore plus serré, et elle reste allongée, toute tremblante. En tendant la main, je lui caresse doucement le dos, incapable de trouver le mot juste. Sa peau est à la fois glacée et moite sous mes doigts, sa respiration irrégulière. Ma chérie…

Elle s'éloigne de moi et se met en boule. Son short est toujours baissé sur ses genoux, mais elle ne semble pas s'en rendre compte. Elle se contente de se recroqueviller de plus en plus comme si elle voulait disparaître.

— Viens là, bébé. Je ne peux m'empêcher de tendre la main vers elle. Quand je la prends sur mes genoux, elle est toute raide, chaque muscle de son corps est tendu et rigide. Je sais que la dernière chose qu'elle désire maintenant est d'être caressée, mais je ne peux la laisser se confronter seule à cette situation.

Même en sachant qu'elle aime quelqu'un d'autre je ne peux pas la laisser seule.

Quand je la prends dans mes bras pour lui caresser le dos, les cheveux, les muscles fins de ses mollets, son visage est mouillé de larmes. Son parfum de pêche me chatouille les narines, mais pour le moment mon désir pour elle se tait et me permet de la réconforter. Les genoux contre la poitrine, Yulia ne semble pas plus grande qu'un enfant, elle tient tout entière sur mes genoux. Sa fragilité me pèse et mon cœur se serre de plus belle. Je ne sais que faire, si bien que je me contente de la tenir et de laisser la chaleur de mon corps réchauffer le sien qui est glacé. Elle ne se dégage pas ni se débat et c'est déjà bien.

Il faut m'en contenter.

— Je suis navré. Je lui murmure ces mots quand elle commence à moins trembler. Ils lui semblent sans doute aussi vains qu'à moi, mais j'insiste, il faut qu'elle comprenne. Je ne voulais pas te faire de mal, mais il fallait sortir de cette impasse. Tu ne m'aurais jamais fait assez confiance pour me parler d'UUR. Et maintenant, c'est fini. C'est fait. Je t'ai promis de ne pas te faire de mal si tu parles et je tiendrai parole. Tout ira bien. Tout ira bien.

Quand son amant sera mort, elle sera à moi et à moi seul.

Yulia ne dit rien, mais quelques minutes plus tard elle recommence à respirer normalement et cesse de trembler. Elle a moins froid même si elle est toujours aussi raide entre mes bras.

Je lui murmure en lui caressant doucement le dos pour la réconforter :

— Tu es fatiguée, bébé ? Tu veux dormir ?

Elle ne répond pas, mais je la sens se raidir encore davantage.

— Ne t'inquiète pas. Je ne te toucherai pas, lui dis-je en devinant la source de sa tension. On va seulement dormir, d'accord ?

Toujours pas de réponse, mais je n'en attends pas non plus. En la prenant dans mes bras, je me lève et je la porte du côté du lit où elle dort d'habitude puis je la pose doucement sur les draps. Immédiatement, Yulia se retourne et s'enveloppe dans la couverture, je la laisse faire pour me déshabiller et prendre les menottes.

Je m'allonge près d'elle, je tire la couverture et je tends la main vers son poignet gauche.

— Viens là, ma chérie. Tu sais ce que je dois faire.

Elle n'offre aucune résistance quand je la menotte. Il devrait être désagréable de dormir ainsi, les poignets menottés l'un à l'autre, mais je m'y suis tellement habitué que ça me semble parfaitement normal.

Dès que Yulia est immobilisée, je l'attire contre moi par-derrière. Quand mon entrejambe frotte contre son derrière, je sens un tissu rugueux contre ma queue nue et je m'aperçois qu'elle a réussi à remonter son short pendant que je me déshabillais. Je me demande si je ne vais pas la laisser dormir comme ça, mais après avoir essayé plusieurs positions différentes pour être mieux j'ouvre la fermeture éclair du short.

— Je vais seulement te garder dans mes bras. Je lui fais cette promesse tout en baissant le short le long de ses jambes tandis qu'elle reste couchée, toujours aussi rigide, mais sans me résister. Toi aussi tu seras mieux pour dormir.

Je lui enlève son short et je la reprends par-derrière en m'émerveillant de la manière dont son corps nu épouse le mien. Avant ma rencontre avec Yulia, je ne comprenais pas quel attrait cela pouvait avoir de câliner une femme, mais désormais je n'imagine plus de m'endormir sans la tenir dans mes bras.

Bien sûr d'habitude je tiens Yulia dans mes bras *après* avoir couché avec elle, je m'en aperçois en sentant ma queue se raidir contre son derrière. C'est beaucoup plus facile de dormir après l'avoir baisée deux ou trois fois.

Eh bien tant pis. Je respire profondément et je m'imagine rampant dans la boue des montagnes de l'Afghanistan, les vêtements trempés de neige glacée. Et quand ça ne fonctionne pas, je pense à mes parents qui n'avaient pas le moindre geste ni le moindre sourire l'un pour l'autre et avaient remplacé l'affection par la politesse ainsi que les liens de famille par l'ambition collective.

Ce dernier souvenir est efficace et mon érection se calme assez pour me permettre de me détendre. Tout en m'enfonçant dans l'obscurité réconfortante du sommeil, je rêve de tartes aux pêches, d'anges aux cheveux blonds et d'un sourire.

Le sourire candide et gai de Yulia.

CHAPITRE VINGT

❖ YULIA ❖

— C'est de ta faute, sale pute ! Tout est de ta faute.

Je me rends vaguement compte que ces mots sont étrangement lointains, mais je suis toujours en proie à la terreur. Elle me recouvre et m'étouffe comme une couverture et je sens toujours le poids de cet homme sur moi, je hurle et je me débats pour ne pas être violée, pour ne pas subir cette douleur affreuse.

— Non, je t'en prie non !

— Chut ! Bébé, tout va bien. C'est seulement un mauvais rêve.

Des bras vigoureux m'étreignent et me serrent contre un corps musclé et chaud et la terreur qui me suffoque commence à s'atténuer, les voix cruelles s'éloignent. En sanglotant de soulagement, je me retourne vers celui qui me tient dans ses bras, mais quelque chose me tire par le poignet gauche.

Les menottes !

— Lucas ?

— Oui, c'est moi. Des lèvres chaudes effleurent mes tempes et une grande main caresse mes cheveux. Je m'occupe de toi. Tout va bien maintenant. Tu ne risques rien.

Il s'occupe de moi. Cette phrase devrait m'inquiéter, mais pour le moment seul compte son pouvoir de me réconforter. Les bras vigoureux de Lucas m'étreignent, il me tient contre lui, me protège dans le noir et l'horreur du cauchemar s'éloigne encore davantage et disparaît dans la fange du passé.

Kirill n'existe plus. Il n'y a que Lucas et personne ne peut m'arracher à lui.

— Bébé, il faut arrêter de gigoter comme ça. Sa voix est rauque, tendue, et je m'aperçois que je me frotte contre lui en essayant de me recroqueviller encore davantage entre ses bras. Ce faisant, mon derrière se dandine contre son sexe avec un effet facile à deviner.

À distance, j'entrevois ce qui me fait horreur, ma panique refait surface pendant un instant et j'essaie de me retourner, de cacher mon visage contre son large buste, mais je suis gênée par les menottes.

— Chut, tout va bien. Tu ne risques rien. Je sens une secousse et j'entends tourner la clé pour ouvrir les menottes. Tu n'as pas besoin d'avoir peur. Tout va bien.

Tout va bien. Ma panique commence à disparaître, surtout maintenant que je peux prendre Lucas dans les bras et sentir son parfum qui m'est devenu familier. Il sent comme son gel de douche mêlé à une odeur chaleureuse et virile, c'est la sécurité, la force, le réconfort. En enfouissant le visage contre sa poitrine, je passe une jambe sur ses hanches pour m'envelopper autour de lui comme du lierre et je l'entends gronder quand sa verge en érection se frotte contre mon ventre.

Ce qui devrait aussi m'inquiéter, mais comme je continue à me débattre avec mon cauchemar je n'arrive pas à savoir pourquoi. Je veux seulement qu'il soit plus près de moi, aussi près qu'on puisse l'être.

— Baise-moi ! Je le lui murmure en glissant une main entre nous pour prendre ses bourses déjà contractées. S'il te plaît, Lucas, baise-moi !

— Tu… Sa voix semble comme étranglée. Tu as envie de moi ?

— Oui, s'il te plaît Lucas. Je sais que c'est pitoyable de le supplier, mais j'ai besoin de lui. J'ai besoin de lui pour chasser l'horreur de mon cauchemar. S'il te plaît… J'attrape sa verge et la dirige vers mon sexe. S'il te plaît, baise-moi. Je t'en prie !

— Ouais, putain, bien sûr. Il semble incrédule en roulant sur moi et en glissant les hanches sur mes cuisses ouvertes. Tout ce que tu voudras, ma belle. Merde, tout ce que tu voudras, et il s'enfonce en moi.

Nous poussons tous deux un grondement quand il parvient au fond, il est tellement gros qu'il m'étire à fond. Je ne suis pas aussi mouillée que d'habitude, mais ça n'a pas d'importance. Ce frottement presque douloureux, la force incroyable de sa brusque pénétration, voilà ce dont j'ai besoin. Il ne s'agit ni de sexe ni de plaisir.

Il s'agit d'être à lui.

— Yulia… Tandis qu'il commence à aller et à venir en moi, sa voix est comme un grondement douloureux. Putain, bébé, c'est si bon de te sentir…

— Oui… J'entoure ses cuisses musclées de mes jambes pour le prendre encore plus profondément. Oui, exactement comme ça. Oh, mon Dieu, exactement comme ça…

Il s'exécute d'un rythme lent et régulier et j'oublie la gêne de tout à l'heure. Tandis qu'il continue à me baiser, une violente ardeur me consume, un besoin purement bestial. Je veux qu'il me baise si fort que ça me fasse mal, qu'il me fasse tellement jouir que j'en oublie comment je m'appelle.

Je veux que sa sauvagerie vienne à bout de mes démons.

— Plus fort ! Je lui murmure ces mots tout en lui griffant le dos. Prends-moi plus fort !

Il se raidit, un frisson lui parcourt tout le corps et je sens sa verge devenir encore plus grosse. Un grognement sourd s'échappe de sa gorge et il accélère son rythme, son derrière musclé se courbe sous mes mollets et quand il me martèle de toutes ses forces chacun de ses coups est si fort qu'il me brise presque en deux. Ce devrait être trop fort, trop violent, mais je continue de l'étreindre et mon ardeur s'accroît à chaque secousse. Je m'entends crier, je sens la pression intense qui monte en moi et toutes mes peurs s'évanouissent ne laissant derrière elles qu'un violent plaisir.

— Lucas ! Je ne sais pas si je crie son nom ou si c'est seulement dans ma tête, mais au même moment il laisse échapper un cri rauque et je le sens éjaculer alors qu'une extase incandescente envahit toutes mes terminaisons nerveuses. C'est un orgasme si puissant que mon corps tout entier s'arcboute et que je vois trente-six chandelles. J'ai l'impression que ça ne s'arrêtera jamais, les spasmes se succèdent les uns aux autres, mais finalement les vagues de plaisir finissent par s'estomper et je commence lentement à reprendre mes esprits.

Lucas est couché sur moi, son grand corps est couvert de sueur, mais au moment même où je me rends compte de son poids, il se dégage tout en m'attirant contre lui afin que je pose la tête sur son épaule. Nous restons ainsi tous les deux hors d'haleine et trop épuisés pour bouger et alors que les battements de mon cœur commencent à se calmer, une profonde léthargie provoquée par la sensation d'être comblée s'empare de moi.

— Dors bien, bébé, murmure-t-il quand je commence à m'assoupir et je ferme les yeux en sachant que je suis désormais en sécurité.

J'appartiens à Lucas et il éloignera les mauvais rêves.

* * *

— Bonjour ma belle ! Je suis réveillée par un tendre baiser sur l'épaule. Que dirais-tu d'une tasse de thé ?

— Quoi ? J'entrouvre les paupières et je cligne des yeux pour chasser le sommeil de mon esprit. Je suis couchée sur le côté si bien que je m'installe sur le dos et je regarde Lucas du coin de l'œil, il est debout à côté du lit, déjà habillé, et semble avoir une tasse pleine d'un liquide bouillant dans la main.

— Du thé, dit-il. Sa bouche dure dessine un sourire. Je t'en ai préparé. J'espère que je l'ai fait correctement.

— Hum… Mon cerveau est encore au ralenti et je m'assieds pour comprendre ce qui se passe. Tu m'as fait du thé ?

— Eh oui ! Lucas s'assied au bord du lit et me tend la tasse avec précaution. Voilà ! Je ne savais pas combien de temps il fallait le laisser infuser, mais c'était indiqué sur la boîte donc ça devrait aller.

— Merci. Je lui prends la tasse et je bois quelques gorgées. Le thé est assez chaud pour me brûler la langue, mais le goût familier de l'Earl Gray me donne des forces et me permet de retrouver mes esprits.

Lentement, les pièces du puzzle viennent se rejoindre et je me souviens de ce qui s'est passé.

J'ai pris Lucas pour Kirill. Je lui ai parlé d'UUR.

La tasse glisse dans mes mains et le thé bouillant se renverse sur mes seins nus.

Prise au dépourvu par la douleur de la brûlure, je baisse les yeux et j'entends Lucas pousser un juron en m'arrachant la tasse des mains. Il la pose sur la table de chevet avant de m'essuyer doucement la poitrine avec un coin du drap.

— Putain, Yulia, ça va ?

Je le fixe et brusquement j'ai froid malgré ma brûlure.

— Tu veux savoir si ça va ? Je me souviens de tout désormais. La manière dont il a brisé mon silence. La manière dont il m'a tenu dans ses bras après coup. Mon cauchemar. Comment je me suis accrochée à lui dans les ténèbres.

Comment je lui ai demandé, non, comment je l'ai supplié de me baiser.

Le visage de Lucas devient tendu.

— Tu t'es gravement brûlée ?

— Non. J'ai de plus en plus froid et cette impression atténue la terreur qui me rend malade. Non, ça va.

En tout cas, ce n'est pas la faute du thé.

En me retournant, je soulève la couverture pour chercher le short qu'il m'a enlevé avant de dormir. Ce qui m'occupe l'esprit et me donne quelque chose à faire. D'ailleurs, il faut que je m'habille.

C'est une protection dont j'ai besoin.

J'ai besoin de me raccrocher à quelque chose pour ne pas perdre la tête. Comment ai-je pu tendre les bras vers Lucas après ce rêve affreux alors que quelques heures plus tôt il l'avait rendu réel ? Comment ai-je pu désirer un homme qui m'a fait céder de cette manière ? C'est comme si j'avais occulté ce qu'il m'avait fait, comme si je m'en étais débarrassé tant j'avais besoin de réconfort.

Je suis si faible, si égoïste et si démunie que j'aie pris dans mes bras celui qui va causer la perte de mon frère.

— Yulia… Lucas tend la main vers moi, mais je me détourne. J'ai finalement retrouvé mon short et je l'attrape avant de me lever d'un bond de l'autre côté du lit. Je sais que je n'ai nulle part où me cacher, mais je ne peux pas supporter l'idée qu'il me touche pour le moment.

Je suis de nouveau complètement bouleversée.

— Qu'est-ce qui t'arrive ? demande-t-il alors que j'enfile le short et que je me mets à quatre pattes pour chercher le haut que j'ai perdu hier soir. Putain, Yulia, qu'est-ce qui t'arrive ?

Ah, le voilà ! Sans lui répondre, j'attrape le haut, si l'on peut parler de haut, c'est un soutien-gorge de sport garni de dentelle. Tous les vêtements que Lucas m'a donnés sont comme ça, des vêtements de tous les jours, mais ridiculement sexy. Mais c'est mieux que rien. Je mets le haut et je me lève en faisant de mon mieux pour ne pas le regarder.

Mon attitude semble l'irriter. En une seconde, il traverse la pièce et s'arrête devant moi pour me prendre par le bras.

— Merde, qu'est-ce qui se passe, Yulia ? De sa main restée libre, Lucas attrape mon menton et m'oblige à le regarder. À quoi joues-tu ?

— Moi ? Tout en croisant ses yeux, les braises de ma colère se réveillent sous les cendres de mon désespoir. C'est toi le maître du jeu, Kent. Je ne suis qu'une figurante.

Il fronce les sourcils avec colère.

— Et hier soir, c'était quoi ? Tu faisais de la figuration ?

— Hier soir, c'était un moment de folie. En tout cas, c'est la seule manière dont je puisse me l'expliquer. Et d'une voix dure et amère, j'ajoute : et d'ailleurs, qu'est-ce que ça peut te faire ? Tu as obtenu ce que tu voulais.

— Oui, c'est vrai. L'expression de son visage est impénétrable. J'en sais assez pour faire tomber UUR.

Brusquement, un haut-le-cœur me donne envie de vomir. Je ne sais pas si Lucas s'en rend compte, mais il lâche mon menton et recule.

— Il ne t'arrivera rien de mal, dit-il d'une voix étrangement tendue. Je t'ai dit qu'une fois que j'obtiendrai ces renseignements, je ne te tuerai pas et je ne te ferai aucun mal, et je tiendrai parole. Tu n'as plus de raison de t'inquiéter. C'est fini.

Je le fixe, frappée par le fait de n'avoir pensé à la mort, ni hier soir ni ce matin. Je n'ai jamais pensé à ce qui allait m'arriver. À un moment donné, j'ai commencé à croire que mon geôlier ne voulait pas que je meure.

J'ai commencé à croire que son obsession sexuelle à mon égard était bien réelle.

— Écoute, dit Lucas tandis que je garde le silence, la situation va s'améliorer. Une fois qu'UUR aura disparu, je te donnerai davantage de liberté. Tu pourras te promener toute seule dans le domaine, aller où tu voudras.

— Vraiment ? Malgré mon désespoir, j'ai failli éclater de rire. Et qu'est-ce qui te fait croire que je ne vais pas m'enfuir ?

La commissure de ses lèvres se relève, il a un sombre sourire.

— Parce que si tu essayais tu n'irais pas loin. Je vais te faire poser des localisateurs.

Mon cœur s'arrête un instant de battre.

— Des localisateurs ?

Lucas hoche la tête en me lâchant le bras.

— Les fournisseurs d'Esguerra ont imaginé un nouveau prototype. Et pour le moment pourquoi ne pas te donner un avant-goût de ta future vie et te faire sortir après le petit déjeuner ? On ira se promener.

Aller se promener. À n'importe quel autre moment, j'aurais été ravie, mais en ce moment je suis tout juste capable de me comporter à peu près normalement.

Comme si mon univers tout entier n'était pas sur le point de disparaître.

— Mais déjeunons d'abord, dit Lucas quand je reste figée. Allons-y. Je vais d'abord t'emmener à la salle de bain comme d'habitude.

La salle de bain. Le petit déjeuner. Je voudrais lui crier qu'il est fou, qu'il me sera impossible de manger, mais je serre les dents et lui obéis. J'ai besoin de décider ce que je vais faire et comment sortir de la situation impossible où je me suis mise.

— De quelle sorte de localisateurs parles-tu ? Je me force à lui parler tandis que nous allons à la salle de bain. Des implants ou des localisateurs externes ?

— Des implants. Lucas s'arrête devant la porte de la salle de bain et me regarde. Juste quelques implants pour assurer ta sécurité.

Et être sûr de toujours savoir où je me trouve.

— Et quand vas-tu me les poser ? Je lui pose cette question en essayant de garder une voix ferme. Si les implants sont aussi difficiles à enlever que je le soupçonne, il me sera pratiquement impossible de m'enfuir.

— Quand je rentrerai de Chicago, dit Lucas. Je pars dans cinq jours et j'y resterai quinze jours. Malheureusement, les implants n'arriveront pas avant mon départ, je serai donc obligé de te ligoter pendant toute mon absence.

— Tu t'en vas ? Tout à coup, l'espoir fait sursauter mon cœur. S'il s'en va…

— Oui, mais ne t'inquiète pas. Deux ou trois gardes veilleront sur toi. Il sourit comme s'il pouvait lire dans mes pensées. Ils veilleront à ta sécurité et à ton bien-être.

Et à ce que tu sois encore là à mon retour.

Cette phrase tacite s'interpose quand j'entre dans la salle de bain et ferme doucement la porte derrière moi. Le plan de Lucas qui consiste à enchaîner ma vie à la sienne devrait me terrifier, mais la peur qui me donne la nausée n'a rien à voir avec mon propre sort.

Si les hommes d'Esguerra partent à la poursuite d'UUR comme ils l'ont fait pour leurs autres ennemis, tous ceux qui ont un lien avec l'agence seront victimes de leur courroux.

Toute la famille d'Obenko périra, et mon frère avec.

CHAPITRE VINGT-ET-UN

❖ LUCAS ❖

En préparant notre petit déjeuner, Yulia est silencieuse et renfermée et je suis convaincu qu'elle pense à lui, celui à qui elle a donné son cœur. Elle se demande sans doute ce qu'il va lui arriver et elle s'en veut de l'avoir trahi malgré elle. Je voudrais la prendre dans mes bras et lui ordonner de cesser de penser à lui, mais ça ne ferait qu'empirer les choses. Si elle réalise que je connais son existence, elle risquerait de me supplier de l'épargner, et ce n'est pas possible.

Quoiqu'il arrive, je tuerai ce salaud, et je ne veux pas qu'elle se ronge les sangs pour rien.

En tout état de cause, le sourire joyeux d'hier, les plaisanteries et les rires ont disparu tandis qu'elle s'affaire dans la cuisine. Comme j'ai à l'esprit l'incident de la fourchette, je la surveille d'un œil particulièrement attentif pour m'assurer qu'elle ne cache rien d'autre. J'imagine que c'est une preuve d'arrogance de ma part de laisser ma prisonnière aller et venir comme ça, sans être attachée et ayant accès à des ustensiles qui pourraient lui servir d'armes. Je suis certain de pouvoir la contenir à condition de deviner qu'elle va m'attaquer, mais il y a toujours un risque qu'elle puisse me prendre au dépourvu.

Elle est dangereuse, mais ça m'excite encore plus, comme les missions dangereuses.

Yulia prépare un petit déjeuner tout simple : une omelette au fromage et un bol de fraises en guise de dessert. En théorie, j'aurais pu le faire moi-même, mais les œufs auraient été trop cuits ou pas assez et le fromage aurait brûlé au bord de la poêle. Avec Yulia, rien de tel. Son omelette est légère, bien gonflée et contient juste ce qu'il faut de fromage. Même les fraises sont meilleures que d'habitude.

— C'est délicieux ! lui dis-je en dévorant ma part et en réponse à mes remerciements Yulia hoche la tête en silence. À part ça, elle ne me regarde pas, elle ne me parle pas.

C'est comme si je n'existais pas.

Son attitude m'exaspère, mais je contiens ma colère. Je sais que je mérite d'être traité comme ça, que je mérite ce silence. Je ne lui ai peut-être pas fait de mal physiquement, mais ça n'enlève rien à la gravité de mes actes.

Je l'ai torturée, j'ai utilisé sa plus grande peur pour la faire parler.

L'aiguillon de la culpabilité me tourmente et je me lève pour faire la vaisselle, utilisant cette petite besogne pour me distraire des pensées qui m'obsèdent. De mon point de vue je rendrai service à Yulia en faisant disparaître son amant de sa vie. Il est clair qu'il n'est nullement digne d'elle. Il l'a laissée aller à Moscou et coucher avec d'autres hommes et il l'a laissée moisir deux mois en prison en Russie. Que ce soit un agent secret ou pas, cet homme est un gringalet et elle pourra très bien s'en passer. Quand Yulia m'a fait des avances hier soir, j'ai cru que par miracle elle m'avait pardonné et décidé d'oublier son amant, mais je m'aperçois maintenant que c'était un vœu pieux de ma part.

Elle était trop traumatisée pour savoir ce qu'elle faisait.

— Prête pour la promenade ? dis-je en m'approchant de la table. Yulia boit son thé à petites gorgées et ne me regarde toujours pas. J'ai un appel dans moins de deux heures, si tu veux sortir on devrait y aller maintenant.

Elle se lève en en continuant à se taire et je vois que son visage est blême. Elle est contrariée. Non, pire que ça, bouleversée.

De nouveau, la culpabilité me serre le cœur et j'ai du mal à la repousser.

— Viens ici, dis-je en lui prenant la main. Ses doigts fins sont froids dans les miens tandis que je la fais sortir de la cuisine. On va passer par-derrière.

La chambre a une porte qui s'ouvre sur l'arrière-cour et c'est par là que je passe maintenant pour éviter les regards indiscrets. Je ne veux pas qu'on voie ma prisonnière à l'extérieur ni que l'on se mette à bavarder. Tant que je n'ai rien de tangible pour Esguerra au sujet d'UUR, je ne veux pas que notre relation soit de notoriété publique.

Mon patron m'est redevable, mais il vaudrait mieux que ce soit avec une contrepartie, la tête de nos ennemis contre le fait que je veux garder Yulia avec moi.

— Désolé qu'il fasse si chaud, dis-je en sortant. Il n'est que huit heures et demie du matin, mais on a déjà l'impression d'être dans un sauna. Il va probablement pleuvoir dans une heure, mais pour l'instant le ciel est clair avec seulement quelques petits nuages blancs. La prochaine fois, nous sortirons plus tôt.

— Non, ça va, dit Yulia en s'arrêtant dans une clairière entre les arbres. Étonné, je lui jette un coup d'œil et je m'aperçois qu'elle a repris un peu de couleurs. Sous mes yeux, elle ferme les siens et penche la tête en arrière. Elle a l'air d'une plante qui absorbe la lumière du soleil et je m'aperçois que c'est exactement ce qu'elle fait : elle savoure le soleil et absorbe sa chaleur.

— Ça te plaît ici. Je ne sais pas pourquoi ça m'étonne. Sans doute parce que j'avais imaginé que venant de Russie et habituée au froid elle détesterait la chaleur humide de la forêt tropicale. Tu aimes ce climat.

Elle baisse la tête et ouvre les yeux pour me regarder.

— Oui, dit-elle à voix basse. Ça me plaît.

— Tant mieux ! Et tout en serrant la main de Yulia, je lui adresse un sourire. J'ai mis du temps à m'y habituer, mais maintenant je ne pourrais pas imaginer vivre dans un climat froid.

Elle ne me rend pas mon sourire, mais sa main semble plus chaude dans la mienne quand nous reprenons notre promenade et que nous nous enfonçons dans la forêt qui borde le domaine. La propriété d'Esguerra est immense et s'étend pendant des kilomètres sous l'épaisse canopée de la forêt tropicale. Dans les années quatre-vingt, Juan Esguerra, le père de Julian, y fabriquait de grandes quantités de cocaïne, mais il n'en reste plus guère de traces. La jungle a déjà dévoré les vieux laboratoires installés dans des huttes, la nature a repris du terrain avec une brutale rapidité.

— C'est tellement beau ici, dit Yulia tandis que nous entrons dans une nouvelle clairière et je la vois regarder les fleurs tropicales qui bordent une toute petite mare à une dizaine de mètres. Elle semble étrangement pensive.

Je lui lâche la main et me retourne vers elle.

— C'est ici que tu vas vivre. Et je lève le bras pour lui passer une mèche de cheveux derrière l'oreille. Quand tout sera arrangé, tu pourras venir aussi souvent que tu le voudras.

Mon intention est de la rassurer, de lui promettre une vie meilleure, mais ses traits se tendent en m'entendant et je sais qu'elle s'inquiète de nouveau pour son amant.

Fils de pute ! J'aimerais qu'il soit déjà six pieds sous terre et qu'elle puisse commencer à l'oublier. En m'exhortant à la patience, je baisse la main et lui dit : c'est l'un des beaux endroits de ce domaine. Il y a aussi un joli lac pas très loin d'ici.

Yulia ne répond pas. Elle se détourne et se dirige vers la mare. Dans les hautes herbes, on voit à peine ses tongs. La vue des pousses vertes qui effleurent ses chevilles me fait penser que je devrais lui procurer des tennis pour aller marcher. Il y a des serpents ici et aussi toutes sortes d'insectes. Et des bêtes sauvages, les gardes ont dit qu'ils avaient vu des jaguars dans le domaine.

Brusquement inquiet, je rejoins Yulia vers la mare et j'examine l'herbe tout autour d'elle. Il n'y a rien de particulièrement dangereux et je décide donc de la laisser tranquille. Elle semble perdue dans ses pensées en regardant l'eau, son front lisse d'habitude est légèrement plissé. La lumière du soleil fait briller ses cheveux et je remarque pour la première fois que certaines mèches sont presque blanches tant l'or en est pâle et que d'autres sont d'une couleur de miel plus foncée. On ne voit pas de racines plus sombres, la coloration de ses cheveux doit donc être entièrement naturelle.

— Tes parents étaient-ils aussi blonds que toi ? Je lui pose cette question avec nonchalance en me rapprochant d'elle. Incapable d'y résister, je prends ses cheveux entre les doigts en m'émerveillant de leur épaisseur. On ne voit pas souvent une telle couleur chez un adulte.

— Ma mère l'était. Yulia n'a pas l'air d'être agacée que je lui tripote les cheveux et je me fais plaisir en passant les doigts dans leur masse soyeuse, puis en la mettant de côté pour dégager son cou fin. Mon père était plutôt châtain cendré, un peu plus foncé que toi. Mais quand il était petit, il était très blond lui aussi.

— Je vois. Je me baisse pour sentir son parfum de pêche, mais je ne peux résister à l'envie de mordiller l'endroit si doux qu'elle a sous l'oreille. Sous mes lèvres, sa peau est douce et délicate et tout en glissant les dents sur son lobe je sens sa respiration s'entrecouper. Immédiatement, je suis saisi de désir pour elle et je sens venir une érection.

— Yulia... Je lâche ses cheveux pour prendre ses seins ronds et doux dans les mains. Putain, j'ai tellement envie de toi.

Elle frissonne, ses lèvres s'entrouvrent en un gémissement silencieux et sa tête tombe sur mon épaule tandis qu'elle ferme les yeux. Elle est peut-être inquiète pour son amant, mais elle me désire quand même, c'est indéniable. Je sens raidir ses tétons contre les paumes de mes mains à travers son tee-shirt et sa peau d'habitude si pâle a rosi.

Finalement, la nuit dernière n'était pas une aberration. Yulia ne m'a peut-être pas pardonné ce que j'ai fait, mais son corps me dit le contraire.

Sans cesser de lui embrasser le cou, je plie les genoux et je l'entraîne dans l'herbe avec moi. La retournant pour qu'elle soit face à moi je me mets sur le dos et l'amène à califourchon sur moi, les mains sur mes épaules. Elle a ouvert les yeux maintenant et elle me fixe tandis que je lui tiens les hanches et que je remonte le pelvis en appuyant ma queue en érection contre son sexe. Malgré nos vêtements, c'est bon de me frotter contre elle surtout quand je vois sa réaction dans ses yeux bleus qui s'assombrissent.

— Viens ici… Je lui murmure en remontant une main dans son dos. En recourbant les doigts autour de sa nuque, j'attire son visage vers moi et je l'embrasse en avalant son souffle. Elle est prise de surprise. Elle a un goût de fraise associé à son propre goût et sa langue s'enroule timidement autour de la mienne quand je l'embrasse plus profondément. Je l'attire plus près de moi, j'ai besoin d'être encore plus près d'elle, mais nos vêtements font obstacle.

Devenu impatient, je m'arrête un instant de l'embrasser et je baisse la main pour attraper le bas de son tee-shirt. Je l'enlève d'un seul coup, dénudant ses merveilleux seins, qu'elle couvre immédiatement de la main.

— Lucas, attends ! Yulia jette un coup d'œil anxieux derrière nous. Et si…

— Personne ne viendra nous déranger ici. Je tends la main vers son short. Nous sommes trop loin des sentiers battus.

— Mais les gardes…

— Les tours de garde les plus proches sont trop éloignés pour qu'on puisse nous voir. Je descends sa fermeture éclair et roule dans l'herbe où je la couche. En tirant son short le long de ses jambes, j'ajoute avec un sombre sourire : nous sommes absolument seuls, ma belle.

Ensuite, je me déshabille et Yulia me regarde d'un air presque tourmenté, comme si elle était tiraillée entre plusieurs sentiments. Je ne sais pas si elle a l'impression de le trahir en me désirant, mais je ne vais pas lui céder. Dès que je suis nu, je vais sur elle et je mets un genou entre ses jambes pour les ouvrir.

— Regarde-moi ! Je lui donne cet ordre alors qu'elle tente de fermer les yeux et de se détourner. En m'appuyant sur les coudes, j'attrape son visage entre les mains et je répète : regarde-moi, Yulia. Son sexe n'est qu'à quelques centimètres de l'extrémité de ma queue et le désir commence à me faire perdre la tête. Mais avant de la prendre, j'ai besoin qu'elle me donne ça.

J'ai besoin de savoir qu'elle est à moi.

Yulia ouvre les yeux et je vois qu'ils sont baignés de larmes. Elle les ouvre et les ferme rapidement comme pour essayer de ne plus pleurer, mais ses larmes s'échappent et coulent le long de ses tempes. Quelque chose s'empare de moi en les voyant, mon cœur se serre étrangement au plus profond de ma poitrine.

— Ne pleure pas… Je lui murmure ces mots en me penchant pour l'embrasser et chasser ses larmes. Ne pleure pas ma chérie. Tout va bien. Tout va bien se passer. Le sel de ses larmes sur mes lèvres me serre le cœur de plus belle. Ne pleure pas. Tu es en sécurité. Je vais prendre soin de toi.

Mais ses larmes ne s'arrêtent pas, elles continuent de couler, et je ne me contrôle plus. Mon désir est comme un démon qui se serait frayé un chemin à la surface. Prenant sa bouche dans un profond baiser je la pénètre d'un coup et je sens sa chair mouillée m'envelopper, m'enserrer si fort que j'en tremble violemment de plaisir.

Elle se raidit sous mon poids, un son douloureux et rauque s'échappe de sa gorge, mais je ne m'arrête pas pour autant. Mon besoin de la prendre est si puissant, si primitif, c'est un instinct qui vient de la nuit des temps. Elle était faite pour moi, cette belle jeune fille brisée par la vie. Elle était destinée à m'appartenir. Tout en continuant à l'embrasser je vais et je viens en elle, sans répit, aussi profondément que je peux et finalement je sens ses mains se poser sur mon dos, elle m'a prise dans ses bras et elle me serre contre elle.

Elle m'attache à elle tout comme je l'ai attachée à moi.

TROISIÈME PARTIE : LE CONFLIT

CHAPITRE VINGT-DEUX

❖ YULIA ❖

Pendant les quatre jours qui suivent, nous prenons de nouvelles habitudes. Quand je ne suis pas ligotée, je fais la cuisine, nous prenons nos repas ensemble et nous allons nous promener de bonne heure dans la forêt. Et nous baisons. Nous baisons souvent. C'est comme si le fait de savoir que nous allons bientôt être séparés intensifiait encore le désir de Lucas. Il me baise partout, dans la chambre, dans la cuisine, contre un arbre dans la forêt. Et si souvent, qu'à la fin de la journée mon corps est irrité et me fait souffrir et mon âme est déchirée de savoir que je couche avec l'ennemi.

Non, ce n'est pas le fait de coucher avec l'ennemi qui me tourmente, c'est que ça me plaise. Quoi que je me dise, quels que soient mes efforts pour résister, dès que Lucas me touche je perds tous mes moyens. Sa passion pour moi est forte et même violente parfois, mais elle est sans colère ni intention de me faire de mal. Et souvent, bien trop souvent pour ma santé mentale, il fait preuve de tendresse à mon égard.

C'est comme s'il commençait à avoir des sentiments pour moi, de me considérer autrement que comme un objet sexuel.

J'essaie de ne pas y penser, de ne penser ni à ses projets me concernant ni aux localisateurs qu'il va utiliser, me verrouillant à lui tout en détruisant tout ce qui m'est cher. Lucas n'a pas dit grand-chose sur UUR, mais d'après le peu qui lui a échappé je sais qu'il a déjà mis des hackers sur sa piste. Il y a une chance que ces recherches éveillent les soupçons de l'agence et qu'ils aient le temps de se cacher, mais rien ne le garantit. Obenko n'a jamais eu affaire à un ennemi aussi puissant et aussi implacable que l'organisation d'Esguerra et il serait très possible qu'il ait affaire à plus fort que lui.

Si Lucas et son patron ont pu venir à bout d'Al-Quadar en un rien de temps, ils en feront de même avec mon agence. Je dois m'enfuir ou du moins les contacter pour les prévenir de ce qui se prépare, mais Lucas est aussi vigilant avec son téléphone et son ordinateur portable qu'avec ses armes. Peut-être, qu'un jour, je pourrais me glisser dans son bureau et trouver le mot de passe de son ordinateur, mais je ne peux y compter.

Désormais, il n'y a plus qu'un seul moyen de sauver Misha, en parler à Lucas.

C'est une démarche terrible pour moi. Je ne fais pas confiance à mon geôlier, il a déjà prouvé qu'il est capable d'utiliser mes propres faiblesses contre moi, mais je ne vois pas d'autre solution. Si je garde le silence, autant dire que Misha est déjà mort. Je sais que je ne pourrais pas convaincre Lucas de renoncer à sa vengeance contre UUR, mais il pourrait accepter d'utiliser ce qu'il a d'influence sur Esguerra pour épargner la vie de mon frère.

Misha n'a déjà pas droit à une vie normale, mais je pourrais empêcher qu'il soit tué.

Avant de faire cette demande à Lucas, je décide de mettre fin à la brouille qu'il y a entre nous et de revenir à la situation où nous étions avant qu'il me fasse parler. Je le fais subtilement pour éviter de réveiller ses soupçons, mais dès le soir qui suit notre première promenade je ne lui réponds plus par monosyllabes et le lendemain je fais presque comme s'il ne s'était rien passé. Je lui fais une pipe dans la douche, je lui demande ce qu'il aimerait pour le dîner et je recommence à parler avec lui des livres que je lis. Je lui parle même de ma première catastrophe au cours de danse classique quand le professeur a dit devant tout le monde que j'avais un cou d'autruche ce qui évidemment a conduit les autres enfants à me traiter d'autruche pendant des années.

Cette histoire fait rire Lucas, je lis son amusement dans ses yeux clairs et je lui souris en oubliant un instant que c'est mon ennemi et que je joue la comédie. C'est incroyablement facile de me prendre au jeu. Quand je ne pense pas au sort qui attend Misha, je me plais vraiment en compagnie de Lucas. Pour un homme aussi dur, mon geôlier est quelqu'un avec lequel, il est très agréable de parler, il est attentif et intelligent, sans être arrogant. Bien que Lucas n'ait pas fait d'études, il connaît bien un certain nombre de sujets et peut parler de manière intelligente de toutes sortes de choses comme de politique internationale, de la bourse ou des dernières réalisations scientifiques et technologiques.

— Comment as-tu appris tout ça sur les investissements ? Je lui pose cette question quand la conversation aborde un ouvrage sur la finance que j'ai lu un peu plus tôt dans la matinée. *Le Cygne noir* de Nassim Taleb est une critique acerbe de la gestion des risques dans le monde de la finance et je suis surprise de découvrir que c'est l'un des essais préférés de Lucas.

— Mon père et ma mère étaient tous les deux avocats d'affaires à Wall Street, dit-il. J'ai grandi au son de CNBC et le jour de mon douzième anniversaire mon père m'a offert un portefeuille d'investissement. On peut dire que j'ai ça dans le sang.

— Ah bon ! Fascinée je m'interromps pour le fixer. Et tu continues à investir ?

Lucas hoche la tête.

— J'ai un bon portefeuille. Ce n'est pas moi qui le gère parce que je n'ai pas le temps de m'en occuper correctement, mais le type qui le fait est très compétent. En fait, c'est aussi le gestionnaire d'Esguerra. J'irai sans doute le voir quand nous serons à Chicago.

— Je vois. Je ne sais pas pourquoi ça me surprend. J'ai lu d'où vient Lucas dans son dossier. J'ai sans doute pensé que son milieu n'avait pas laissé de traces sur lui, mais j'aurais dû me méfier, surtout après avoir découvert tous les livres qu'il possède dans sa bibliothèque. Je lui demande :

— Tu es resté en contact avec eux ? Je veux parler de tes parents.

— Non. Le visage de Lucas se ferme. Non, je ne les vois plus.

C'est ce qui était indiqué dans son dossier, mais je m'étais demandé si c'était une ruse qu'il avait inventée pour protéger sa famille. Visiblement pas. Je suis tentée de lui poser d'autres questions, mais je ne veux pas être indiscrète, il faut rester en grâce auprès de mon geôlier. Pendant le reste de la promenade, je laisse donc Lucas mener la conversation et quand nous nous arrêtons de nouveau près de la mare je lui fais une pipe en utilisant tout le talent dont je dispose.

Ces jours-ci, son bonheur est la principale de mes priorités.

* * *

Le jour qui précède le départ de Lucas je décide qu'il est temps de lui parler de Misha. Pour le déjeuner, je prépare ce qui s'est avéré être le menu préféré de Lucas : du poulet rôti, de la purée et une tarte aux pommes. Je veille aussi à brosser mes cheveux jusqu'à les rendre parfaitement soyeux et je porte une courte robe d'été blanche, c'est la plus jolie qu'il m'ait donnée. Quand nous nous attablons, je vois que Lucas me dévore des yeux, et je sais qu'en cela au moins je lui ai fait plaisir.

Maintenant, il faut découvrir jusqu'où ira sa bonne volonté.

En mangeant, j'essaie de décider quel sera le meilleur moment d'aborder le sujet. Quand sera-t-il de meilleure humeur, avant ou après le dessert ? Est-ce que je devrais le laisser terminer son poulet ou est-ce possible de lui parler tout de suite de mon frère ? Quand je me pose cette question, Lucas me demande au cours de la conversation :

— Je viens de me renseigner sur ta ville natale de Donetsk. C'est vrai que la langue maternelle de la plupart des habitants est le russe et non l'ukrainien ?

Je pousse un soupir de soulagement. C'est la meilleure des entrées en matière possible.

— Oui, c'est vrai, dis-je en souriant. On parlait russe à la maison. J'ai appris l'ukrainien à l'école, mais en fait je parle mieux l'anglais que l'ukrainien.

Lucas hoche la tête comme si je venais de confirmer quelque chose qu'il soupçonnait déjà.

— C'est la raison pour laquelle ils sont venus dans ton orphelinat, non ? Parce que les enfants y parlaient déjà couramment l'une des langues dont ils avaient besoin ?

J'ai toutes les peines du monde à garder le sourire. Le souvenir de l'orphelinat et d'UUR me coupe l'appétit, même si nous nous rapprochons du sujet que je veux aborder. Après avoir repoussé mon assiette, je dis d'une voix aussi calme que possible :

— Oui, c'est pour ça. J'étais une candidate toute désignée parce que je sais aussi l'anglais.

— Et aussi à cause de ta beauté. L'expression de Lucas se refroidit de manière inattendue. Ne l'oublie pas non plus.

Je prends mon courage à deux mains.

— Peut-être, dis-je prudemment. Mais ils ne sont pas tous méchants. En fait…

Lucas lève la main.

— Arrête, Yulia. Je sais ce que tu vas dire.

Je le fixe avec stupéfaction.

— Ah bon ?

— Tu veux que l'un d'entre eux soit épargné, non ? De nouveau, l'expression de Lucas est glaciale. C'est la raison de tout ceci (il montre la table du doigt), n'est-ce pas ? La robe, le repas, les jolis sourires ? Tu crois que je n'ai pas deviné ?

J'avale ma salive, mon cœur commence à s'emballer.

— Lucas, je veux seulement…

— Non. Sa voix est aussi dure que l'expression de son visage. Ne t'humilie pas, ça ne sert à rien. Ce n'est pas en mon pouvoir.

Il me semble que mon ventre pèse une tonne.

— Que veux-tu dire ?

— Esguerra ne l'acceptera jamais et je n'essaierai pas de l'influencer pour obtenir ça.

Je me lève, je suis sur le point de vomir.

— Mais…

— Le sujet est clos. Lucas se lève aussi, il semble implacable. La seule personne appartenant à UUR qui aura la vie sauve, c'est toi.

Je contourne la table, le choc initial s'est transformé en une terreur glacée. Ce n'est pas possible.

— Lucas, je t'en prie. Tu ne comprends pas. Il est innocent. Il n'a rien à voir là-dedans. Je lui attrape la main que je serre de désespoir. Je t'en prie. Je ferai n'importe quoi s'il a la vie sauve. Seulement lui. Il suffit de lui laisser la vie sauve…

Lucas m'arrache sa main et interrompt mes supplications.

— Je viens de te le dire. Je ne peux rien pour lui. Il n'y a aucune pitié sur le visage de mon geôlier, pas le moindre soupçon de miséricorde. Putain, c'est

Esguerra qui prend ce genre de décision, pas moi. Pas de chance, ma belle.

Ma vision commence à s'obscurcir, je sens le sang battre dans mes oreilles.

— Je t'en prie, Lucas… De nouveau, je tends la main vers lui, mais il m'attrape par le poignet et me tord le bras vers le haut pour m'empêcher de le toucher.

— Merde, arrête de me supplier pour lui. Sans cesser de me faire mal en me tordant le poignet, Lucas m'attire vers lui et je vois une rage incandescente dans la profondeur glaciale de ses yeux. Tu as déjà de la chance d'être en vie. Putain, tu ne l'as pas encore compris ? Si tu n'étais pas si bonne au lit… Il se tait, mais c'est trop tard.

Je comprends parfaitement ce qu'il veut dire, et le peu qu'il restait de mes rêves s'évapore en fumée.

CHAPITRE VINGT-TROIS

❖ LUCAS ❖

Yulia me fixe avec des yeux immenses tandis que je la retiens par son fin poignet. Elle donne l'impression que je viens de lui déchirer le cœur et quelque chose qui ressemble à des regrets refroidit la rage brûlante qui s'est emparée de moi.

Je lâche son poignet et je lui dis d'une voix plus calme :

— Yulia, ce n'est pas ce que…

— Pourquoi ne pas me tuer tout de suite ? m'interrompt-elle en me défiant du regard et en reculant d'un pas. Vas-y, tue-moi ! De toute façon, tu finiras par le faire. Quand je ne serai plus aussi « bonne au lit », non ?

— Non, bien sûr que non. La colère m'a repris, mais cette fois elle est dirigée contre moi-même. Je te l'ai dit, tu es en sécurité avec moi.

— Pas si ton patron exige ma tête. Elle fait une grimace de la bouche. Ce n'est pas ce que tu viens juste de me dire ?

— Ce n'est pas ce que j'ai voulu dire. Mentalement, je me traite de tous les noms. Esguerra m'avait semblé le meilleur des prétextes pour qu'elle arrête de prendre la défense de son amant, mais j'aurais dû réaliser comment Yulia allait interpréter ce que je lui disais. Je t'ai promis de te protéger et je tiendrai cette promesse.

— Alors pourquoi ne peux-tu pas le protéger, *lui* ? Ses yeux s'emplissent d'un fol espoir tandis qu'elle se rapproche de nouveau de moi. Je t'en prie, Lucas. Il est innocent…

— Arrête ! Je refuse de l'entendre prendre sa défense. Je me fous de savoir s'il est coupable ou innocent. Je te l'ai dit, rien qu'une personne. C'est comme ça.

Je m'attends à ce que Yulia renonce maintenant, qu'elle accepte qu'elle ait perdu la partie, mais à la place elle relève le menton, ses yeux sont comme des charbons ardents dans son visage pâle comme la mort. Alors c'est à *lui* qu'il faut faire grâce. Je veux que ce soit Misha, pas moi.

Misha. Je retiens ce nom alors que de nouveau mon cœur se serre de rage.

Elle est prête à mourir pour lui, pour son gringalet d'amant.

— Peu importe ce que tu veux. Mes paroles sont aussi tranchantes que la jalousie qui me dévore le cœur. C'est moi qui ai le droit de vie et de mort, pas toi.

J'ai l'impression de l'avoir giflée. Ses lèvres tremblent et elle recule en se croisant les bras.

— Yulia… Je la suis, sa douleur me fait mal, mais quand je m'approche d'elle elle se retourne vers la fenêtre. Je lève la main pour la poser sur son épaule, mais au dernier moment je change d'avis. Je ne peux rien pour elle si ce n'est faire la seule chose que je ne peux lui promettre.

Je veux que ce Misha meure et je ne la laisserai pas me convaincre de l'épargner.

Je baisse le bras, je recule et j'examine la silhouette pétrifiée de Yulia. Ma captive est encore plus belle que d'habitude aujourd'hui, sa courte robe blanche la rend à la fois innocente et sexy. Avec ses cheveux qui lui tombent en cascade dans le dos, elle est la tentation même, et je sais que c'est exprès.

Comme tout ce que Yulia vient de faire ces deux derniers jours le choix de cette robe est une tentative pour sauver son amant.

Cette idée m'emplit d'amertume et de colère. En me retournant, je débarrasse la table et je fais la vaisselle, un moyen de me calmer. Yulia reste près de la fenêtre et quand je retourne vers elle je vois qu'elle est toujours aussi pâle et que ses yeux sont distants et vides.

Résistant de nouveau contre l'absurde désir de la consoler je tends la main pour lui prendre le bras.

— Allons-y. Je parle à voix basse. Il faut que je te ligote.

Et tout en la tenant fermement par le bras, j'emmène Yulia à la bibliothèque.

* * *

Elle ne dit pas un mot quand je l'attache au fauteuil en veillant à ne pas lui faire mal avec la corde. Quand j'ai fini, je recule pour la regarder.

— Que veux-tu lire ?

Elle ne répond pas et garde les yeux baissés.

— Putain, Yulia, je t'ai posé une question.

Elle relève les yeux, ils sont mornes et terriblement tristes.

— Que veux-tu lire ? Je répète ma question en essayant de ne pas me laisser toucher par son évidente détresse. Quel livre veux-tu ?

Elle détourne les yeux, mais j'ai eu le temps d'y voir briller un soupçon de larme.

Et merde !

— Très bien, à ta guise ! Je prends un policier au hasard sur l'étagère et je le pose sur ses genoux. Je serai de retour avant le dîner.

Yulia n'offre pas la moindre réaction et je m'en vais avant que la rage qui bouillonne en moi ne déborde.

CHAPITRE VINGT-QUATRE

❖ YULIA ❖

Je me fous de savoir s'il est coupable ou innocent. Ce n'est pas en mon pouvoir. Si tu n'étais pas si bonne au lit...

Les paroles de Lucas résonnent dans mon esprit et repassent sans cesse comme un disque rayé. Il a été si froid, si cruel. C'est comme si les deux dernières semaines n'avaient jamais eu lieu, comme si le temps que nous avons passé ensemble ne signifiait rien pour lui.

Il me semble que mon cœur est lacéré, ma douleur est si grande qu'elle m'étouffe. Je respire à petites bouffées pour essayer de tenir bon contre la souffrance, mais elle semble croître sans cesse et plonger de plus en plus profondément dans mon cœur.

J'ai échoué. Je n'ai pas réussi à sauver mon frère. Tout ce que j'ai fait depuis le moment où Obenko a pris contact avec moi à l'orphelinat était pour Misha, et maintenant tout cela est inutile.

Celui en qui j'avais placé mes derniers espoirs est un monstre insensible et je suis une imbécile qui avale n'importe quoi.

Ne t'humilie pas, ça ne servira à rien.

Lucas connaissait donc l'existence de mon frère. Il savait que j'allais lui demander d'épargner Misha. Pendant tout ce temps, il savait que j'essayais de le radoucir et il m'a laissée le faire.

Il a pris tout ce que j'avais à lui donner et il m'a plongé un couteau dans le cœur.

Un éclat de rire amer m'échappe en pensant que son plan sadique est vraiment génial. Je dois admettre que la conception que Lucas Kent a de la vengeance est exquise. Aucune torture physique ne me ferait aussi mal que ce refus brutal de sauver mon frère.

Mon rire se transforme en sanglot et je l'étouffe pour ne pas être entendue. Même à mes propres oreilles je donne l'impression d'être folle, hystérique. La thérapeute de l'agence avait raison. Je ne suis pas faite pour ce travail. Je ne suis ni comme Lucas ni comme Obenko.

Je n'ai pas les qualités requises pour rester suffisamment détachée.

— Votre loyauté envers votre frère est admirable, mais c'est aussi votre plus grande faiblesse m'avait dit Obenko, deux mois après le début de ma formation. Vous vous accrochez à Misha parce qu'il appartient à votre passé, mais vous n'avez plus le droit d'avoir de passé. Vous ne pouvez pas avoir de famille. Il faut que vous l'acceptiez, sinon vous ne supporterez pas ce genre de vie. Il y aura des moments où vous devrez être proche de certaines personnes sans qu'elles puissent être proches de vous. Vous devrez contrôler vos émotions. Croyez-vous en être capable ?

— Bien sûr que oui, ai-je vite répondu de peur qu'il me chasse du programme de formation et replace mon frère à l'orphelinat. Ce n'est pas parce que j'aime Misha que je vais m'attacher à quelqu'un d'autre.

Et j'ai fait beaucoup d'efforts pour le prouver. J'étais sympathique avec les autres stagiaires, mais aucun n'est devenu un ami. Pareil avec les formateurs. J'ai gardé mes distances à leur égard. Même après l'incident avec Kirill j'ai fait de mon mieux pour surmonter le traumatisme toute seule.

J'étais si douée et si appliquée qu'Obenko m'a envoyée à Moscou moins d'un an après avoir été attaquée par Kirill.

Un autre rire mêlé de sanglots me monte dans la gorge. J'étouffe le son hystérique qu'il aurait, mais je ne peux contrôler les larmes qui coulent sur mes joues. Je croyais être compétente dans mon travail. Je souriais et je flirtais avec les amants qu'on m'avait désignés, mais je ne suis jamais tombée amoureuse d'eux. Même avec Vladimir qui m'a révélé le plaisir sexuel je suis restée froide et détachée. Personne ne comptait pour moi si ce n'est mon frère.

Personne jusqu'à ce que je rencontre Lucas.

Dans mes efforts pour me rapprocher de mon geôlier je me suis trop ouverte. J'ai perdu le contrôle de mes émotions. J'ai laissé un homme impitoyable et indigne de confiance se rapprocher de moi et il a utilisé cette intimité pour imaginer le plus cruel des châtiments.

Il a trouvé le meilleur moyen de me détruire.

CHAPITRE VINGT-CINQ

❖ LUCAS ❖

J'ai un travail fou avant notre départ demain matin, mais je vais à la salle de musculation parce que je n'arrive à me concentrer sur rien, je ne pense qu'à Yulia et à la détresse que j'ai vue dans son regard.

Tout en martelant le punching-ball, j'ai repoussé les images que j'ai d'elle assise dans la bibliothèque, si distante et si malheureuse. Elle m'a regardé comme si je l'avais trahie, comme si je lui avais fait une peine inimaginable.

Le punching-ball se balance de droite et de gauche et je lui donne des coups de poing tous plus violents les uns que les autres. L'idée que ce soit *elle* qui se sente trahie par *moi* me donne envie de réduire quelqu'un en bouillie. Qu'est-ce qu'elle espérait, putain ? Qu'elle me ferait deux ou trois pipes et que je serais content de sauver la vie de son amant ? Que j'accepterais sans mot dire son désir de sauver la vie de Misha ?

Elle a dit qu'il était innocent, comme si ça avait la moindre importance pour moi. En ce qui me concerne, il mérite de mourir simplement pour l'avoir touchée. Si l'on ajoute qu'il appartient à UUR, il aura de la chance d'avoir une mort rapide.

— Salut, Lucas, tu as presque fini ?

La question de Diego m'interrompt en pleine frénésie contre le punching-ball. En essuyant la sueur de mon front, je me retourne pour voir le jeune mexicain à côté de moi, il a déjà ses gants de boxe. Derrière lui, deux autres gardes attendent aussi leur tour.

À en juger par l'expression de leur visage et l'état de mes phalanges, j'ai dû lutter contre ma colère pendant un certain temps.

— Je te laisse la place, dis-je en me forçant à laisser le punching-ball. Vas-y !

En quittant la salle de musculation, je me demande si je vais rentrer chez moi prendre une douche, mais je ne suis pas encore assez calmé pour me retrouver devant Yulia. À la place, je me dirige vers la demeure d'Esguerra pour prendre une douche à côté de la piscine. Il y garde des tee-shirts propres pour se changer quand on se tache de sang pendant un interrogatoire, j'en prends donc un pour le mettre après m'être douché.

Je me rince rapidement et tout en enfilant mon short et ce tee-shirt j'aperçois quelqu'un que je connais bien, une brune qui se précipite dans la maison.

C'est Rosa.

Je l'avais pratiquement oubliée. Elle a dû prendre au sérieux ce que je lui ai dit, je ne l'ai pas revue depuis notre conversation dans la cuisine. J'espère ne pas lui avoir fait trop de peine, mais je ne pouvais pas faire autrement. Il ne fallait pas qu'elle revienne rôder vers Yulia.

Comme je me sens légèrement plus calme après ma séance de boxe, je me dirige vers le bureau d'Esguerra pour un appel avec les services secrets d'Israël.

* * *

Nous passons les deux heures qui suivent à parler avec le Mossad de ce qui vient de se passer en Syrie et dans le reste du Moyen-Orient. Vers la fin de la conversation, je me demande si je vais dire à Esguerra ce que j'ai découvert au sujet d'UUR, mais je décide finalement que ce n'est pas le bon moment. Je lui parlerai de Yulia et de son agence à notre retour de Chicago. D'ici là, j'aurai des renseignements plus concrets, les hackers ont finalement réussi dans leurs recherches de données codées des dossiers du gouvernement ukrainien.

Quand la conversation téléphonique est terminée, Esguerra et moi passons en revue les derniers détails concernant le voyage de demain.

— À l'arrivée, nous irons directement chez les parents de Nora. Ils sont impatients de la voir, même si ça veut dire que le dîner aura lieu très tard.

Il y a longtemps que je ne me pose plus de question sur ce voyage absurde et je me contente donc de dire :

— D'accord. Je serai avec les gardes de service demain soir pour m'assurer que chacun sait ce qu'il a à faire.

— Bien. Esguerra reste un instant silencieux. Tu sais que Rosa vient avec nous n'est-ce pas ?

En fait, je l'ignorais.

— Ah bon, pourquoi ?

— Nora a envie d'être avec elle.

— D'accord. Je ne vois pas ce que ça change. Sauf si… J'ai besoin d'avoir des hommes supplémentaires pour sa sécurité ou elle sera la plupart du temps avec Nora et avec vous ?

— Elle sera avec nous. Esguerra semble légèrement amusé. Bon, il me semble que tout est prêt. À demain dans l'avion.

— À demain, dis-je et, je me dirige vers la caserne des gardes pour voir Diego et Eduardo, les deux gardes qui se chargeront de Yulia en mon absence.

* * *

— On va tout repasser en revue, dis-je à Eduardo, après lui avoir donné ainsi qu'à Diego la liste complète des instructions concernant ma captive. Combien de fois irez-vous chez moi pour lui permettre d'aller aux toilettes et de se dégourdir les jambes ?

Le Colombien roule des yeux.

— Trois fois, et on la libère pendant les repas. On a compris Kent, je t'assure.

— Et que ferez-vous si elle tente de s'enfuir ?

— On l'immobilisera, mais sans lui faire aucun mal, dit Diego en ébauchant un sourire amusé. Il faut te détendre, mon vieux. On ne la touchera pas, sauf pour s'assurer qu'elle ne va nulle part. Elle aura ses livres, ses émissions de télé et comme prévu on l'emmènera en promenade une fois par jour.

— Et on n'en dira pas un mot à quiconque, ajoute Eduardo en reprenant mot pour mot mes instructions. Personne n'entendra parler de ta précieuse espionne.

— Bien. Je les regarde durement. Et pour les repas ?

— Nous lui apporterons des provisions de la grande maison et nous la laisserons faire la cuisine, dit Diego qui ne se cache désormais plus pour sourire. Elle sera la prisonnière la mieux nourrie et la mieux occupée qui soit.

Je fais comme si je n'avais pas entendu ses moqueries.

— Et la nuit ?

— Je la menotterai à la barre de fer que tu as fixée à côté du lit, dit Eduardo. Et je ne la toucherai pas.

Comme si c'était un sac de pommes de terre, mais un sac très précieux, ajoute-t-il en me voyant serrer le poing. Sérieusement, Kent, je plaisante. Je te promets qu'on va bien s'en occuper de cette fille. Tu sais que tu peux nous faire confiance.

C'est vrai, je le sais. C'est la raison pour laquelle je les ai choisis pour cette tâche. Ces deux gardes travaillent ici depuis deux ans et ils ont prouvé leur loyauté. Ils ont beau s'amuser de mes ordres, ils feront ce que je leur dis.

Yulia sera en sécurité avec eux.

— Entendu, dis-je en leur faisant signe. Dans ce cas à demain matin. Soyez chez moi à neuf heures précises.

Et je quitte la caserne pour aller au terrain d'entraînement jeter un œil aux nouvelles recrues.

CHAPITRE VINGT-SIX

❖ YULIA ❖

Je ne sais pas combien de temps se passe avant que je puisse contrôler mes larmes, mais quand j'ouvre le livre que Lucas m'a donné le soleil se couche déjà. Je fixe les mots imprimés sur la page, mais le texte est flou et les lettres se brouillent sous mes yeux gonflés.

J'ai trahi mon frère. Il va mourir à cause de moi.

J'essaie de me concentrer sur le livre pour ne plus penser à cette certitude affreuse, mais c'est la seule chose à laquelle je puisse penser. De vieux souvenirs affluent et je ferme les yeux, trop fatiguée pour les repousser.

— *Je t'en prie, prends soin de ton frère, m'implore ma mère, et ses yeux bleus sont remplis d'inquiétude. Tu iras le voir avant d'aller dormir, d'accord ? Il avait l'air d'avoir un peu de fièvre tout à l'heure, si son front est plus chaud que d'habitude tu nous appelles, entendu ? Et n'ouvre la porte à personne, sauf à quelqu'un que tu connais.*

— Bien sûr, maman. Je sais ce que je dois faire. J'ai beau avoir dix ans, ce n'est pas la première fois que je reste seule avec Misha quand mes parents se hâtent d'aller au chevet de mon grand-père malade. Je prendrai bien soin de lui, c'est promis.

Maman m'embrasse sur le front, son parfum de fleur me chatouille les narines.

— Je sais bien, murmure-t-elle en s'écartant. Tu es ma grande fille et tu es merveilleuse. Son visage est stressé, mais le sourire qu'elle m'adresse est plein de gentillesse. Nous serons de retour dès que ton grand-père ira un peu mieux.

— Je sais, maman. Je lui souris à mon tour sans savoir que ma vie est sur le point de changer pour toujours. Va voir Grand-père. Je prendrai soin de Misha, c'est promis.

Et c'est exactement ce que j'ai essayé de faire. Le lendemain matin, quand les policiers sont venus chez nous, je ne les ai laissés entrer que lorsqu'ils m'ont montré des photos des corps mutilés et ensanglantés de mes parents à la morgue où ils avaient été transportés après leur accident de voiture. J'ai insisté afin que mon frère reste avec moi quand les Services de l'Enfance ont tenté de nous séparer en prétendant qu'un enfant de deux ans ne pouvait assister à l'enterrement de ses parents. Et un an plus tard, quand Vassili Obenko a pris contact avec moi à l'orphelinat pour me proposer l'adoption de Misha par sa sœur et son beau-frère si je rejoignais son agence je n'ai pas hésité.

J'ai dit au chef d'UUR que je ferais n'importe quoi afin que mon frère ait une vie normale, une vie heureuse.

En ouvrant les yeux, j'essaie de nouveau de me concentrer sur mon livre, mais à ce moment-là je vois bouger quelque chose du coin des yeux. Je les relève en sursautant et je vois une jeune femme brune dans la bibliothèque de Lucas.

Je réalise que c'est Rosa et les battements de mon cœur s'accélèrent.

— Qu'est-ce que tu fais ici ? Comment es-tu entrée ? Je ne peux cacher la panique qui s'entend dans ma voix. Je suis menottée et ligotée au fauteuil avec plusieurs tours de cordes. Si elle veut me faire du mal, je ne pourrais pas l'en empêcher.

Rosa me montre un trousseau de clés.

— Dans la grande maison, nous avons la clé de chaque bâtiment du domaine, y compris les résidences personnelles.

Elle ne semble pas armée, ce qui me rassure.

— D'accord, mais pourquoi es-tu ici ? Je lui pose cette question d'un ton plus calme.

— Je voulais te voir, dit-elle. Nous partons demain pour quinze jours. Nous allons à Chicago pour rendre visite aux parents de Nora.

— Les parents de Nora ?

— C'est la femme du Señor Esguerra, m'explique Rosa.

Je fronce les yeux sans bien comprendre. Je me souviens maintenant que la jeune Américaine qu'Esguerra a enlevée et épousée s'appelle Nora. Lucas ne m'a pas dit pourquoi il partait en voyage, mais je pensais que c'était pour affaires, je n'avais aucune idée de relations possibles entre le patron sadique de Lucas et ses beaux-parents.

— Quoiqu'il en soit, poursuit Rosa, je voulais te voir en personne avant de partir.

Je comprends de moins en moins.

— Mais pourquoi ?

Rosa se rapproche de moi.

— Parce que je pense que tu n'as rien à faire ici. Elle croise les mains sur sa robe noire. Parce que ça n'est pas juste.

— Qu'est-ce qui n'est pas juste ? Elle voudrait que je sois torturée dans un hangar comme elle l'a sous-entendu une autre fois ?

— Toi. Toute cette histoire. Ses yeux bruns m'examinent attentivement. Le fait de te laisser avec Diego et Eduardo. Ce sont tous les deux de braves gars. Ils aiment jouer au poker.

— Au poker ? Je n'y comprends strictement rien.

Rosa hoche la tête.

— Ils jouent avec les gardes de la tour Nord n° 2. Tous les jeudis après-midi, de deux à six heures.

— Ah bon ? Mon cœur s'emballe de nouveau. Est-ce ce que je peux en croire mes oreilles ?

— Oui, dit-elle d'un ton neutre. Ce n'est pas gênant parce que les drones patrouillent tout autour du domaine et qu'il y a des détecteurs de chaleur et de mouvement partout. Tout ce qui s'approche des limites du domaine, quelle qu'en soit la taille passe au scanner pour être examiné par notre système informatique de sécurité et les gardes sont alertés si l'ordinateur détecte un problème.

Maintenant, mon cœur bat la chamade.

— Je vois. Elle a dit « tout ce qui s'approche ». Cela veut dire que l'ordinateur ne s'occupe pas de ce qui va dans l'autre direction. Et quelle distance y a-t-il entre ici et l'extrémité nord du domaine ?

Rosa hésite et je m'en veux d'avoir été aussi abrupte. Visiblement, elle veut faire comme si elle bavardait avec moi et que les renseignements que j'obtiens le sont seulement de manière accidentelle.

— Trois kilomètres, finit-elle par dire, et je pousse un soupir de soulagement. Heureusement, je ne lui ai pas fait peur. Il y a une rivière qui en marque les limites. Elle coule vers le nord jusqu'à Miraflores. C'est comme ça que nous sommes livrés quelquefois. Elle se tait puis reprend : la prochaine livraison est prévue pour jeudi à trois heures.

— Jeudi à trois heures. Je le répète en ayant du mal à réaliser quelle chance j'ai. C'est-à-dire ce jeudi dans l'après-midi. Après-demain.

Elle hoche la tête.

— Il y aura une livraison de nourriture.

— D'accord. Je pense à toute vitesse en éliminant les obstacles possibles. Et si…

— Il faut que j'y aille, dit Rosa en se rapprochant davantage de moi. Lucas va bientôt rentrer. Elle effleure le livre que je tiens dans les mains et sa main touche un instant la mienne. Au revoir, Yulia, dit-elle à voix basse avant de se retourner et de sortir de la pièce en courant.

Stupéfaite, je baisse les yeux et je vois deux petites choses sur mon livre.

Une lame de rasoir et une épingle à cheveux.

CHAPITRE VINGT-SEPT

❖ LUCAS ❖

Il est plus de huit heures du soir quand je rentre chez moi. À mon soulagement, Yulia lit tranquillement dans son fauteuil quand j'arrive dans la bibliothèque.

— Désolé que ça ait pris autant de temps, dis-je en m'approchant du fauteuil pour la détacher. Tu dois mourir de faim, sans parler d'avoir besoin d'aller aux toilettes.

Elle lève les yeux vers moi et je m'aperçois qu'ils sont un peu rouges, comme si elle avait pleuré. Elle ne dit rien, mais je ne m'attends pas à ce qu'elle me réponde. Je suis convaincu qu'elle ne va pas dire grand-chose au dîner.

Je me penche pour la détacher et l'aider à se lever, sans tenir compte de sa raideur quand je la touche.

— Viens ! Il se fait tard. Déterminé à continuer de contrôler ma mauvaise humeur je l'emmène à la salle de bain.

Je l'attends pendant qu'elle va aux toilettes puis je l'emmène à la cuisine. J'espérais qu'elle préparerait le dîner malgré sa contrariété, mais elle se contente de s'attabler en regardant dans le vide.

— Bon, dis-je sans montrer mon irritation. Tu peux t'asseoir si tu veux. Je vais faire réchauffer les restes.

Elle ne réagit pas et reste même immobile quand je mets la table et prépare tout ce qu'il faut pour le dîner. Heureusement, le poulet et la purée qu'elle a faite pour midi sont encore meilleurs après avoir été réchauffés.

Comme Yulia est complètement repliée sur elle-même, je me demandais si elle allait manger, mais dès qu'elle est servie elle attaque son repas.

J'imagine que sa faim est encore pire que sa colère à mon égard. Nous dévorons le poulet en silence ; puis je coupe une part de tarte aux pommes pour chacun de nous pour le dessert. Au moment où je vais mettre la part de Yulia sur son assiette, elle me surprend en disant :

— Pas pour moi, merci. J'ai assez mangé.

— D'accord. Je ne lui montre pas le plaisir que j'ai de l'entendre me parler de nouveau. Veux-tu du thé ?

Elle hoche la tête et se lève.

— Je vais le faire.

Avec ces gestes gracieux et précis que j'ai appris à connaître, elle nous en fait une tasse chacun et les pose sur la table. Elle en met une devant moi, s'assied et souffle sur son thé pour le faire refroidir. J'en fais de même avant d'en prendre une gorgée. Il est chaud et légèrement amer, mais ce n'est pas désagréable. Je comprends presque pourquoi cela plaît autant à Yulia.

Nous buvons notre thé en silence, mais l'atmosphère est moins tendue qu'avant, ce qui me fait espérer que la soirée ne va pas être une véritable catastrophe.

Quand nous avons fini notre thé, je m'occupe de la vaisselle tandis que Yulia reste assise et me regarde avec une expression impénétrable sur le visage. Est-ce qu'elle me déteste ? Est-ce qu'elle aimerait pouvoir me frapper avec la première fourchette venue ? Est-ce qu'elle espère que je ne revienne pas de ce voyage ?

Ce n'est vraiment pas une pensée réjouissante.

Je la repousse donc, je finis d'essuyer les plans de travail et je dis à Yulia :

— En mon absence, je te confie à deux gardes qui veilleront sur toi, dis-je. Diego et Eduardo. Tu as déjà rencontré Diego, c'est lui qui t'a portée de l'avion à la voiture.

— Oui, je m'en souviens. Yulia parle à voix basse. Elle se lève. Il m'a semblé assez gentil.

— Il est gentil, et Eduardo aussi. Je vais vers elle. Ils s'occuperont bien de toi.

— Tu veux dire qu'ils veilleront bien à ce que je reste ici, dit-elle d'une voix neutre en levant les yeux.

— Comme tu voudras. Je lève la main pour prendre une mèche de ses cheveux. Ils feront en sorte que tu n'aies besoin de rien.

Elle hoche la tête et recule légèrement, ses cheveux soyeux me glissent des mains.

— D'accord.

— Viens ! Je l'attrape par le poignet avant qu'elle ne soit hors d'atteinte. Allons nous coucher. Je dois me lever de bonne heure.

Elle se raidit, mais me permet de l'emmener à la salle de bain sans protester. Je la laisse prendre une douche en vitesse. J'en ai déjà pris une tout à l'heure, je n'ai pas besoin de me laver. Ensuite, je l'emmène dans la chambre. En entrant dans la pièce, ma queue se dresse d'impatience, j'ai la tête pleine d'images érotiques.

Mais je lutte contre cette brusque irruption du désir et je m'arrête vers le lit face à Yulia. Lui lâchant le poignet je prends son visage entre mes mains et j'écarte ses mèches folles en les caressant. Elle reste immobile et me fixe en silence, dans son visage fin ses grands yeux bleus sont cernés.

— Yulia… Je ne sais que lui dire ni comment résoudre la situation, mais il faut que j'essaie. Il m'est insupportable de partir pendant quinze jours en laissant une telle tension entre nous. On n'est pas forcé de rester comme ça, dis-je doucement, les choses peuvent… s'arranger.

Elle cligne des yeux comme si mes paroles la prenaient de cours et je vois que ses yeux se mouillent de nouveau.

— De quoi parles-tu ? murmure-t-elle en levant la main pour m'entourer le poignet. N'est-ce pas ce que tu voulais ? Me faire du mal ? Me punir ?

— Non. Je la laisse dégager son visage. Non, Yulia. Crois-moi, je ne veux pas te faire de mal.

Elle fronce les sourcils en me lâchant le poignet.

— Alors comment peux-tu…

— Je ne veux plus en parler. C'est fini. Nous allons tourner la page. Tu me comprends ? Je n'ai pas voulu lui parler aussi durement, mais je la vois accuser le coup quand elle recule d'un pas.

Je respire profondément. La jalousie continue de me dévorer, mais je suis décidé à ne pas la laisser gâcher la dernière nuit que nous allons passer ensemble. En m'obligeant à faire des gestes lents et maîtrisés, j'enlève mon tee-shirt, je le jette par terre puis j'enlève mes chaussures, mon short et mes sous-vêtements. Yulia me regarde, ses joues se mettent à rosir quand ses yeux tombent sur ma queue en érection. Mais je suis soulagé de voir se raidir les bouts de ses tétons sous le tissu blanc de sa robe.

Elle a beau me détester, elle a quand même envie de moi.

— Viens ici ! Incapable de me retenir plus longtemps, je tends la main vers elle et je l'attrape par les épaules. Elle est toujours aussi raide quand je l'attire vers moi, mais je vois le sang battre à la naissance de sa gorge. Elle est loin de m'être insensible et j'ai l'intention d'en profiter.

D'une manière ou d'un autre, cette nuit Yulia ne pensera plus à son amant.

Je baisse la tête pour goûter la douceur de ses lèvres, mais au dernier moment elle détourne la sienne et ma bouche n'effleure que sa mâchoire. Je la sens frissonner puis elle se dégage complètement et recule. Elle est haletante et son visage est cramoisi, ses yeux qui me fixent sont étincelants.

— Je ne peux pas... La voix de Yulia s'étrangle. Je ne peux pas faire ça, Lucas. Pas après...

— Arrête ! Ma jalousie involontaire est de retour, ma colère incandescente quand je m'approche d'elle. Je t'ai dit que je ne voulais plus en parler.

Elle continue de reculer.

— Mais...

— Pas un mot de plus. Elle est dos à l'armoire et je la rattrape en la prenant au piège. Je pose les mains sur l'armoire de part et d'autre de son visage et quand je me penche plus près d'elle je peux sentir son léger parfum. Tous mes fantasmes pervers affluent dans ma tête et ma voix devient rauque quand je lui murmure à l'oreille : ça suffit. Tu es à moi maintenant et il est temps que tu apprennes ce que ça veut dire.

CHAPITRE VINGT-HUIT

❖ YULIA ❖

Sentir la chaude haleine de Lucas dans mon oreille me fait frissonner et je serre les cuisses en tremblant pour moins sentir que j'ai mal à l'entrejambe. Être trahie par mon propre corps ne fait qu'ajouter au tumulte de mon esprit. Je croyais devoir me forcer à supporter ses caresses, mais je ressens tout sauf du dégoût.

Même en sachant que c'est un monstre dépourvu de cœur, je ne peux m'empêcher de désirer Lucas.

Sa bouche glisse sur ma mâchoire tandis qu'il me tient coincée contre l'armoire et les battements de mon cœur s'accélèrent en sentant toute la longueur de sa verge en érection s'appuyer sur mon ventre.

— Non... Je pousse ce murmure en serrant les poings sur le côté. Je sens la chaleur de son corps vigoureux tout autour de moi, peser sur moi, et mon estomac se noue dans un mélange de peur, de honte et de désir. Je t'en prie, lâche-moi.

Lucas ne tient pas compte de mes paroles et pose sa main droite sur mon épaule. Il glisse les doigts sous la bretelle de ma robe et la fait tomber. Maintenant, il embrasse mon cou, me taquine et me mordille et mon excitation s'intensifie quand je sens sa main sous le haut de ma robe, autour de mes seins, le bout de son pouce rugueux se frotte sur l'un de mes tétons.

L'ardeur croît au fond de moi, je suis de plus en plus excitée tout en sentant aussi le dégoût de moi-même m'emplir la poitrine. Je ne veux pas avoir une telle inclination pour mon cruel geôlier. Je ne lutte pas contre lui parce que je ne peux risquer de mettre en péril ma future évasion, mais je ne devrais pas trouver ça agréable.

Je ne devrais pas désirer l'homme qui a l'intention de tuer mon frère.

Comme s'il lisait dans mes pensées, Lucas relève la tête pour baisser le regard sur moi. Je lis le désir dans ses yeux pâles ainsi qu'autre chose, quelque chose de sombre et de violemment possessif.

— Non, ma belle, murmure-t-il sans bouger la main. Je ne te lâcherai pas.

Au moment où je vais lui répondre, il baisse la tête et pose brusquement sa bouche sur la mienne. Sa main droite m'attrape par la nuque pour me tenir immobile et sa main gauche descend pour m'enlever ma robe. Il arrache mon string d'un seul coup. Je m'en rends à peine compte tant son baiser est avide et tant il me consume. Il m'en fait perdre le souffle et j'ai toutes les peines du monde à me souvenir pourquoi je ne devrais pas avoir envie de lui. En désespoir de cause, je pose les mains derrière moi sur l'armoire pour m'empêcher de le serrer dans mes bras. C'est une pauvre victoire qui ne dure pas longtemps. Sans cesser de m'embrasser, Lucas se retourne, m'entraîne avec lui et commence à me faire reculer vers le lit.

L'arrière de mes cuisses se cogne au bord du lit et je me retrouve sur le dos, la robe retroussée jusqu'à la taille et Lucas se penche sur moi. Son désir le fait grimacer, ses yeux étincellent. Avant même de me donner le temps de me remettre de ses baisers, il m'attrape les genoux, les écarte en grand et descend du lit pour s'agenouiller entre mes jambes.

— Non, je t'en prie, pas ça. J'essaie de me débattre et de reculer, mais Lucas me tient en place et il m'attire plus près du bord du lit. Il a un sourire à moitié ironique aux lèvres, il comprend pourquoi je refuse ce plaisir-là, puis il enfonce la tête entre mes cuisses et me caresse le sexe de sa langue chaude et mouillée.

L'irruption du plaisir est presque brutale. Tout mon corps s'arcboute quand il se jette sur mon clitoris et commence à le sucer sur un rythme doux. À bout de souffle, j'essaie de refermer les jambes pour échapper à ce tourment érotique, mais Lucas me tient trop fort et ses caresses se poursuivent au même rythme. Je me sens de plus en plus mouillée et mes tétons se raidissent tandis qu'une tension insupportable monte en moi, de plus en plus forte.

Il accélère son rythme, ses lèvres se resserrent sur mon clitoris à chaque succion puis un cri étouffé s'échappe de ma gorge en sentant l'arrivée de l'orgasme. *L'assassin de mon frère...* J'ai ce murmure à l'esprit au moment même où mon corps commence à se contracter pour jouir.

— Non, arrête ! Sans réfléchir je m'assieds d'un coup et je me jette de toutes mes forces sur le côté, j'ai réussi à me libérer de son emprise. La brusquerie de ma résistance prend Lucas par surprise et je réussis à me traîner à genou presque jusqu'à l'autre côté du lit avant qu'il ne se jette sur moi et m'attrape de justesse par une cheville.

Instinctivement, je me retourne pour le frapper, j'ai visé son visage, mais il s'est détourné à toute vitesse si bien que je le rate. Avant de me laisser le temps de recommencer, il attrape ma deuxième cheville et me tire vers lui sur le lit.

— Qu'est-ce qui te prend, Yulia ? Il empêche mes jambes de se débattre, me plaque sur le matelas et me prend par les poignets pour m'écarter les bras. Il est blême de rage et plisse les yeux. Tu es folle de lui à ce point ?

Je le fixe en haletant. Mon corps vibre de frustration et de désir insatisfait et un mélange toxique de peur, d'adrénaline et de colère me brûle la poitrine. Il était stupide de ma part de me battre contre Lucas, mais jouir dans ses bras aurait été une manière horrible de trahir mon frère.

— Bien sûr que oui ! Je lui jette ces mots, incapable de me maîtriser. Merde, tu t'attendais à quoi ?

Lucas me serre le poignet encore plus fort.

— Il n'est plus rien pour toi. Ses yeux étincellent de rage. Rien. C'est à *moi* que tu appartiens, compris.

Je le regarde bouche bée, sans comprendre. Comment peut-il imaginer que je puisse oublier mon frère ? Je sais que Lucas est possessif, mais cette exigence est à la limite de la folie.

Avant de reprendre mes esprits, je vois le visage de Lucas se durcir. Avec des gestes rapides, il replie mon bras droit sur mon corps et rapproche mes poignets l'un de l'autre. Je me retrouve sur le côté avec les poignets dans sa main gauche tandis qu'il se penche sur moi pour prendre quelque chose dans la table de nuit, pesant de tout son poids sur moi. J'ai toutes les peines du monde à respirer, mais très vite il se relève et la pression sur ma cage thoracique est allégée. Sans lâcher mes poignets de sa main gauche, il se penche sur moi et m'immobilise avec le bas de son corps ; dans sa main droite, je comprends alors ce qu'il fait.

Il a pris une corde dans la table de nuit.

Alors je me glace et l'irruption de la peur éteint mon désir.

— Qu'est-ce que tu fais ? Ma question est un murmure éperdu, une vraie supplication. Lucas, tu n'as pas besoin de faire ça. Je ne me débattrai plus.

Mais c'est trop tard. Il entoure déjà la corde autour de mes poignets et mon ancienne anxiété ressurgit en me submergeant sous les souvenirs de Kirill. La terreur du passé me paralyse quand elle s'empare de moi, mais à ce moment-là Lucas se penche vers moi et me murmure à l'oreille :

— Je ne vais pas te faire de mal, mais je vais faire en sorte que tu l'oublies.

Je reprends mon souffle en tremblant, ce qu'il vient de me dire suffit à me permettre de rester dans le présent. Et pourtant mon anxiété est intacte ; il parle et il agit comme un fou. Je recommence à me débattre, je voudrais tellement lui échapper, mais il est trop fort. Sans tenir compte de mes efforts pour le rejeter, Lucas attache la corde autour de mes poignets et se baisse pour attraper mes chevilles. À ce moment-là, il se soulève légèrement et j'arrive à le frapper sur le côté avant qu'il ne me prenne par les chevilles.

— Oh non, pas question ! gronde-t-il à voix basse en me relevant les chevilles pour me plier en deux. Je le frappe, bien que mes mains soient ligotées, mais je n'ai pas beaucoup de liberté de mouvement et je n'atteins que son épaule quand il serre mes mollets sous son bras musclé. Ses gestes sont vifs et précis, absolument imparables. En l'espace de quelques secondes, il m'a ficelé comme une volaille, mes chevilles et mes poignets sont ligotés devant moi. Comme ma robe est retroussée et que je n'ai plus mon string, le bas de mon corps est complètement dénudé.

La vulnérabilité de ma position fait battre mon cœur si vite que j'en ai le vertige. Le sang martèle mes oreilles avec un vacarme assourdissant tandis que Lucas me force à relever mes chevilles et mes poignets ligotés au-dessus de la tête et à tendre les mollets au maximum. Il attache la corde à la barre de fer qu'il a installée près du lit et se baisse vers mon corps plié en deux. Sa main attrape ma cuisse tremblotante et je vois qu'il me regarde, qu'il regarde mon sexe et mon derrière grand ouverts.

— Qu'est-ce que tu fais ? Je peux à peine respirer tant la panique augmente dans ma poitrine. Lucas, qu'est-ce que tu fais ?

Il relève la tête pour croiser mon regard, ses yeux brillent d'une violente ardeur.

— Tout ce qu'il me plaira, bébé. Putain, tout ce qu'il me plaira.

Et tout en baissant la tête entre mes jambes, il se jette de nouveau sur mon clitoris.

CHAPITRE VINGT-NEUF

❖ LUCAS ❖

Elle a un goût enivrant, incroyablement érotique. Son sexe est si mouillé qu'il est crémeux et son odeur brûlante de femme donne à ma queue une pré-éjaculation. Je veux m'enfouir en elle, sentir son étroit fourreau humide m'entourer, mais il y a aussi autre chose dont j'ai envie, quelque chose dont Yulia m'a privé jusqu'à présent.

Mais d'abord, je dois finir ce que j'ai commencé. Sans tenir compte du désir qui me brûle, je lui suce le clitoris au même rythme qui l'a amenée tout à l'heure au bord de l'orgasme. J'ai senti qu'elle était secouée de spasmes avant de commencer à se débattre et je sais que ce n'était alors qu'une question de secondes. Elle a paniqué, sans doute parce qu'elle ne veut pas *le* trahir. Mais je n'ai pas l'intention de céder.

Cette nuit, elle va jouir sans relâche, jusqu'à ce que son amant ne soit plus qu'un lointain souvenir.

En moins d'une minute Yulia est de nouveau au point de non-retour : elle est déjà prête, sa chair rose est toute gonflée et rendue encore plus sensible par mes soins antérieurs. Elle me supplie, m'implore de la lâcher, mais je persiste jusqu'à sentir son sexe vibrer sous ma langue, elle inonde ma main et je recommence une troisième fois même si ma queue est sur le point d'exploser.

— Arrête… gémit-elle quand j'enfonce deux doigts dans son sexe en chaleur et que je trouve tout de suite l'endroit qui la rend folle. Je t'en prie, Lucas, arrête…

Mais je suis loin d'en avoir terminé. La baisant des deux doigts je referme la bouche autour de son clitoris. Mes doigts la caressent fort et vite et chaque seconde elle crie encore plus fort. Je sens ses parois intimes se contracter pour un nouvel orgasme, mais je continue. Je continue jusqu'à la sentir jouir à nouveau, puis j'essuie toutes les sécrétions de son sexe et j'en enduis la minuscule ouverture de son cul.

Elle ne réagit pas tout de suite, elle se contente de rester allongée, le visage cramoisi et les yeux fermés, et elle essaie de reprendre son souffle. Avec les chevilles ligotées aux poignets et le sexe mouillé et gonflé, elle est l'incarnation même de la vulnérabilité et de la sensualité. D'habitude, le bondage n'est pas vraiment mon truc, mais ligoter Yulia c'est différent. Ce n'est pas un jeu pervers ; c'est une question de possession.

Après cette nuit, elle saura bien qu'elle est à moi.

Quand son entrée plissée est suffisamment lubrifiée, j'y appuie le bout du doigt en examinant sa réaction. La seule fois que je l'ai touchée à cet endroit dans la douche elle s'est tendue et j'ai compris que soit elle a un problème avec le sexe anal soit elle ne l'a encore jamais fait. J'espère que c'est plutôt la seconde hypothèse qui est la bonne, mais je soupçonne que ça pourrait être la première.

Effectivement dès que mon doigt s'enfonce de quelques centimètres, les fesses de Yulia se referment et elle ouvre les yeux d'un coup.

— Non ! Sa voix est tendue. Je t'en prie, ne fais pas ça !

— C'était ton entraîneur ? Je ne bouge pas le doigt, il reste exactement au même endroit. Lui aussi il t'a fait mal comme ça ?

Elle me fixe en haletant et je vois trembler ses lèvres avant de les refermer. Elle ne dit rien, mais je n'ai pas besoin de mots en guise de confirmation.

Ce salaud lui a fait mal comme ça et elle a peur que j'en fasse de même.

Mon cœur se serre. Je ne mérite pas sa confiance, mais une part de moi voudrait l'obtenir. C'est un désir qui est en complète contradiction avec celui primitif de l'asservir et de la garder à tout prix.

J'ai beau l'avoir ligotée pour qu'elle soit sans défense, je ne veux pas qu'elle ait peur de moi, en tout cas pas comme ça.

— Je ne te ferai pas mal, dis-je à voix basse en soutenant son regard. Le violent désir qui m'anime se fait moins assourdissant quand je retire le doigt. Je te le promets.

Elle frissonne de soulagement, ses yeux se ferment et de nouveau je baisse la tête pour lui lécher le sexe à petits coups de langue. Sa chair est souple, elle est encore douce et mouillée. Je sais qu'elle n'est pas près de jouir maintenant et je n'essaie pas de l'y faire parvenir. Je la réconforte de la langue et des lèvres pour lui donner un plaisir plus doux. J'y passe un temps fou et finalement je sens qu'elle commence à se détendre.

Tout en continuant à la lécher, j'abaisse la bouche vers sa fente mouillée et j'y enfonce la langue pour la goûter à cet endroit. Elle se raidit autrement, un gémissement s'échappe de ses lèvres et j'augmente son excitation croissante en lui caressant doucement le clitoris du doigt. Maintenant, elle gémit sans se restreindre et je baisse la langue encore plus loin, jusqu'à l'anneau musculaire serré de son derrière.

Yulia commence par se raidir, mais je me contente de la lécher à cet endroit, je lèche son anus et je lui frotte le clitoris jusqu'à ce qu'elle soit haletante et à bout de souffle et qu'instinctivement ses hanches se balancent en rythme. Je sens qu'elle est sur le point de jouir et implacablement je l'amène à l'orgasme d'un pincement continu et ferme du clitoris.

Elle se tend et je sens son anus qui vibre agité de spasmes sous ma langue tandis qu'elle crie de plaisir. Je la lèche une dernière fois en y mettant autant de salive que possible puis grâce à la distraction de son orgasme, j'introduis de nouveau le doigt. Il glisse facilement avant que son corps ne se referme sur lui et je le laisse là pour la laisser s'accoutumer à cette sensation puis je m'assieds et je me rapproche d'elle en appuyant mon sexe sur le sien.

Elle a les yeux grands ouverts et égarés, les lèvres entrouvertes et elle me fixe, la poitrine secouée par un souffle haletant.

— Je ne te ferai pas mal. Je le lui répète sans bouger le doigt tout en me servant de ma main restée libre pour guider ma queue vers son sexe. Nous n'irons pas plus loin aujourd'hui.

Yulia ne répond pas, mais ferme les yeux et mord sa lèvre inférieure quand l'extrémité de ma queue entre dans son fourreau humide et brûlant. Le doigt toujours enfoncé dans son derrière j'arrive à sentir ma queue qui la pénètre et qui étire ses parois intimes tandis que je m'enfonce plus loin et ce plaisir délicieux me fait gronder tandis que mes bourses se contractent comme si elles allaient exploser.

— Oui, bébé, c'est ça. Laisse-moi venir plus loin… Je ne sais plus ce que je dis, ma voix est comme le grognement d'une bête sauvage et son sexe m'aspire et me prend sur toute ma longueur. Oh, putain, oui, exactement comme ça…

Elle pousse un cri quand je me jette sur le lit et commence à aller et venir en elle, incapable de me contrôler plus longtemps. C'est le paradis d'être au fond d'elle et je voudrais y rester pour toujours. Si je le pouvais, je la baiserais indéfiniment. Mais bientôt, trop tôt, le plaisir s'intensifie, c'est une extase suraigüe et je sens monter l'orgasme dans mes bourses.

Mon rythme s'accélère encore, je la martèle de toutes mes forces maintenant et je l'entends crier de plus en plus fort, ses cris se confondent avec mes propres grognements et grondements. Je vois flou, mon corps est en proie à une insupportable tension et à travers le vacarme assourdissant des battements de mon cœur j'entends hurler Yulia et je sens ses muscles intimes se refermer sur ma queue et sur mon doigt.

Je m'aperçois vaguement qu'elle jouit et puis c'est à mon tour et ma semence gicle en elle tandis que ma queue ne cesse de s'agiter de manière incontrôlable.

CHAPITRE TRENTE

❖ YULIA ❖

Je suis tout étourdie et toute tremblante et mon cœur bat à se rompre quand Lucas retire lentement le doigt de mon derrière et se dégage. Je suis dans un tel état que je remarque à peine que Lucas me détache, me prend dans ses bras et me porte dans la salle de bain.

Ce n'est que lorsque l'eau de la douche m'éclabousse que je réalise où nous sommes tous les deux, il m'entoure de ses bras pour m'empêcher de m'effondrer. Les muscles de mes jambes tremblent après avoir été si longtemps étirés et mon corps vibre après sa double invasion. Lucas m'embrasse le cou en me tenant face à lui et je le laisse faire, la tête posée sur son épaule tandis que l'eau dégouline sur nous.

— Détends-toi, ma belle. Sa voix sonne comme un grondement sourd. Quand j'essaie de me libérer de son étreinte, ses bras se referment autour de moi pour m'immobiliser. Nous allons seulement prendre une bonne douche ensemble, c'est tout.

Je sais que je devrais protester et le repousser, mais je n'ai plus la force de le combattre. Peut-être ne l'ai-je jamais eue, parce que combattre Lucas c'est aussi lutter contre moi-même. Quelque chose de pervers chez moi est attiré par cet homme cruel et dangereux, et cette attirance dure depuis le début.

En voyant que je n'essaie plus de me dégager, Lucas s'assure que je tiens bien debout et relâche légèrement son emprise.

— Laisse-moi te laver, murmure-t-il en prenant un flacon de gel et je reste là comme une enfant obéissante tandis qu'il me savonne entièrement et me lave des pieds à la tête. Ses mains savonneuses vont partout même à l'endroit que son doigt a pénétré tout à l'heure et je ferme les yeux en m'abandonnant à ses bons soins.

Demain, je me mépriserai de l'avoir laissé faire, mais cette nuit j'ai envie de sa tendresse, je la désire de toutes mes forces.

Il a tenu sa promesse de ne pas me faire de mal. J'en suis encore vaguement étonnée. Quand Lucas m'a ligotée, j'ai cru qu'il allait me faire quelque chose d'horrible, et quand il m'a touché le derrière j'en étais convaincue. Mais à part la brûlure de sa pénétration initiale, son doigt ne m'a pas fait mal et sentir sa langue à cet endroit m'a... intriguée. C'étaient des sensations inconnues et étranges, mais rien en comparaison avec la terrible souffrance que Kirill m'a infligée le jour où il m'a attaquée.

La douche est terminée et j'ouvre les yeux en m'en apercevant.

— Viens, bébé. Il m'aide à sortir de la cabine et m'enveloppe dans une serviette moelleuse avant de se sécher rapidement. Allons nous coucher, dit-il en s'avançant vers moi. Tu dors debout.

Il me reprend dans ses bras et je ne fais aucune protestation quand il me porte dans la chambre. Même après la douche j'ai l'impression que je vais tomber. Les orgasmes que Lucas m'a imposés m'ont vidée à la fois émotionnellement et physiquement et je n'ai qu'une envie, dormir.

Dormir me permettra de m'échapper pour le reste de la nuit et demain celui qui me tourmente va partir.

Il va partir et si les informations que Rosa m'a données sont exactes, moi aussi.

Cette pensée devrait me réjouir, mais quand Lucas me pose sur le lit et nous menotte l'un à l'autre je suis loin d'être heureuse. Même encore maintenant, une part de moi-même regrette ce beau rêve, cet homme dont je suis tombée amoureuse avant qu'il ne me déchire le cœur.

* * *

Lucas me réveille au milieu de la nuit en me baisant, sa grosse verge m'a pénétrée par-derrière. J'en perds le souffle et j'ouvre les yeux en sentant cette brusque intrusion. Je ne suis pas aussi mouillée que tout à l'heure, mais ça n'a pas d'importance. Mon corps répond instantanément au sien, je suis inondée de chaleur quand il s'enfonce en moi. Rien de subtil dans cette manière de baiser, aucune tentative pour donner l'impression qu'elle est autre chose que ce qu'elle est.

Une appropriation brutale.

Nos poignets gauches sont toujours menottés l'un à l'autre et il fait nuit noire dans la pièce. Je ne vois rien ; je me contente de ressentir, il me tient contre lui, le bras en étau contre ma cage thoracique. Sa hanche me martèle et je le prends, incapable de faire quoi que ce soit d'autre. Ma respiration s'accélère, la chaleur me submerge comme par vagues successives et mes muscles intimes commencent à se contracter.

— Dois-moi que tu m'appartiens. L'haleine brûlante de Lucas me tombe dans le cou. Dis-moi que tu m'appartiens.

— Je… L'intensité des sensations prend le dessus sur mon cerveau engourdi par le sommeil. Je suis à toi.

— Encore !

— Je suis à toi. À bout de souffle, je sens sa verge atteindre un point qui transforme mon ardeur en explosion volcanique. Je suis à toi.

— Oui, c'est ça. Il pose la main gauche sur mon sexe en entraînant mon poignet avec elle. Tu es à moi et à personne d'autre.

— Oui, à personne d'autre. Je ne sais pas ce que je dis, mais quand ses doigts me touchent le clitoris, ça m'est égal. Tout me semble irréel, comme un rêve érotique. Je sens le corps musclé de Lucas m'envahir, sa verge aller et venir et l'éruption volcanique continue de monter, elle consume tout sur son passage, mes pensées et ma raison. Sur le point de perdre connaissance, je me mets à crier tandis que mes sensations atteignent leur paroxysme et c'est alors que je jouis et que mes muscles intimes se resserrent autour de son érection.

Lucas gronde lui aussi et je sens son grand corps se tendre et trembler derrière moi. La chaleur de sa semence m'inonde et mon sexe est agité de spasmes après coup, lançant des étincelles de plaisir supplémentaires dans mes terminaisons nerveuses.

Je ferme les yeux en haletant, je sens sa poitrine se soulever et s'abaisser le long de mon dos et sa verge se ramollir lentement au fond de moi. Je sais que je devrais me lever et aller me laver ou au moins m'essuyer avec un kleenex, mais je suis trop bien, trop épuisée par le plaisir. Je ne veux rien faire si ce n'est rester allongée dans le bras de Lucas. Lui non plus, il ne semble pas vouloir bouger et mes paupières s'alourdissent, mes pensées commencent à vagabonder. Toutes mes craintes et toutes mes inquiétudes semblent désormais irréelles, distantes de ce moment et de nous. Dans un monde lointain, nous sommes ennemis et c'est mon geôlier, mais je ne suis plus dans ce monde violent.

Je suis ici, bien au chaud, et en sécurité dans les bras de mon amant.

Un voile de ténèbres me recouvre, et tout en m'enfonçant plus profondément dans le royaume des rêves je l'entends me dire doucement :

— Je suis désolé, Yulia. Tu me détestes ?

— Pas du tout. Je réponds en murmurant au Lucas de mes rêves. Je t'aime. Je suis à toi.

Et alors que le sommeil s'empare de moi, je le sens embrasser mes tempes et me serrer plus fort contre lui comme s'il avait peur de me laisser partir.

CHAPITRE TRENTE-ET-UN

❖ LUCAS ❖

La respiration de Yulia prend le rythme calme du sommeil, mais je suis tout éveillé et mon cœur bat lourdement dans ma poitrine. Était-elle sincère ? Savait-elle ce qu'elle disait ?

Savait-elle que c'était à *moi* qu'elle le disait ?

Je voudrais la secouer pour la réveiller et exiger des réponses à mes questions, mais je résiste à cette envie. Je ne sais ce que je ferais si Yulia me disait qu'elle rêvait de Misha. Cette pensée suffit à me brûler comme du vitriol. Si jamais je découvrais que ces mots s'adressaient à lui...

Non. Il ne faut pas y penser. Je ne veux pas que Yulia me considère de nouveau comme un monstre.

En serrant le bras contre sa cage thoracique, je lui effleure les tempes des lèvres et je ferme les yeux pour essayer de me détendre. Ces mots lui ont sans doute échappé par accident, elle les a sans doute marmonnés par hasard, mais même s'ils avaient une part de vérité, qu'est-ce que ça peut me faire ? Ce que je veux d'elle c'est la baiser, la baiser et me tenir compagnie.

Ce n'est pas parce que je désire Yulia que j'ai besoin d'amour.

En forçant ma respiration à ralentir, je vais faire venir le sommeil, mais la pensée qu'elle pourrait m'aimer continue de me titiller. J'ai beau essayer, je ne peux arrêter d'y penser ni de me débarrasser de la douce sensation qui l'accompagne.

C'est illogique de ma part de réagir comme ça. Mieux que personne, je sais à quel point ces mots sont vides de sens. Quand mes parents disaient « je t'aime », c'était une platitude, pour avoir quelque chose à se dire ou à me dire en public. Cela faisait partie des apparences et j'ai toujours su qu'il ne fallait pas le prendre au pied de la lettre. Pareil avec les femmes avec lesquelles j'ai couché. Elles sont nombreuses à l'avoir dit sans le penser, comme on dirait « bonjour » ou « au revoir ». Je n'ai absolument aucune raison de me jeter sur cette petite phrase marmonnée par Yulia, une phrase qui ne m'était peut-être même pas destinée.

À moins que oui. Serait-ce possible ? En tout cas, je suis sûr que Yulia ne l'a pas dit à la légère. Étant données les circonstances, si elle tombait vraiment amoureuse de moi, elle éviterait le plus longtemps possible de me le dire, ce qui signifie qu'elle ne savait sans doute pas ce qu'elle faisait.

Putain ! C'est clair, je n'arrive pas à penser autre chose. Si Yulia m'aime, il faut que je le sache pour éviter de continuer à tourner en rond à cause de ça.

Je m'assieds, je me penche sur elle et j'allume la lampe de chevet.

Malgré tout, elle reste complètement immobile. Ses lèvres sont légèrement entrouvertes et ses cils dessinent de sombres croissants sur ses joues pâles. Avec ce visage détendu par le sommeil, elle a l'air terriblement jeune, une jeune fille innocente épuisée par mes cruelles exigences.

Je la regarde quelques instants puis je tends le bras vers l'interrupteur et j'éteins la lampe. Je m'allonge et j'épouse les formes de son corps frêle par derrière tout en respirant le parfum de pêche de ses cheveux.

Bientôt, voilà la promesse que je me fais en fermant les yeux. Quand je reviendrai de Chicago, je l'interrogerai et je découvrirai la vérité.

Ma captive ne va pas se volatiliser et attendre quinze jours ce n'est pas si long que ça.

* * *

La sonnerie-réveil de mon téléphone me tire d'un profond sommeil. Je serais tenté de l'envoyer promener, mais je tends la main vers la table de nuit et j'arrête la sonnerie du réveil. En bâillant je prends la clé que je garde dans le tiroir et je me retourne vers Yulia, cette fois je l'ai réveillée en bougeant et elle me regarde, à demi endormie et les paupières lourdes.

— Bonjour ma belle ! Incapable d'y résister, j'ouvre les menottes et je la prends sur mes genoux. Elle est douce et souple, sa peau est délicieusement chaude quand je la tiens dans mes bras et je dois lutter contre l'envie de la jeter sur le lit pour la baiser une dernière fois. Il faut que j'y aille ! C'est ce que je murmure à la place en l'embrassant sur le sommet de la tête. Il y a tant de choses que je voudrais lui dire, tant de questions que je voudrais lui poser à propos de la nuit dernière, mais je me contente de dire : sois sage avec Diego et Eduardo, d'accord ?

Elle se fige légèrement, mais je la sens hocher la tête contre ma poitrine.

— Yulia, à propos de la nuit dernière… Je glisse les doigts dans ses cheveux et tire légèrement dessus pour voir son visage, mais elle refuse de rencontrer mon regard et garde les yeux fixés sur mon menton. Je soupire et je décide de laisser tomber. Ce n'est pas le moment de chercher à savoir ce que Yulia m'a peut-être dit ou pas quand elle était à demi endormie. À la place, je lui dis doucement : tu vas me manquer.

Ses lèvres se referment, elle baisse les yeux encore plus bas et je m'exhorte à la patience. Je peux attendre quinze jours. J'effleure d'un baiser le sommet de sa tête et je la fais glisser à regret de mes genoux pour me lever tout en faisant de mon mieux pour éviter de regarder ses rondeurs nues.

Diego et Eduardo seront là dans dix minutes, il faut encore que je prenne une douche et que je m'habille.

CHAPITRE TRENTE-DEUX

❖ YULIA ❖

— Yulia, tu connais déjà Diego et voici Eduardo, dit Lucas en désignant deux jeunes gardes. Ils veilleront sur toi en mon absence.

Je mets une hanche sur la table de cuisine et je fais un signe aux deux hommes bruns tout en veillant à garder un air neutre. Diego est plus grand qu'Eduardo, mais ils sont tous les deux musclés et athlétiques. Ils sont beaux dans leur genre bien que je préfère de loin l'allure de Viking farouche de Lucas.

— Salut ! dis-je en pensant que je n'ai rien à perdre en étant aimable.

— Salut Yulia ! Diego me sourit en montrant des dents blanches bien régulières. Je dois dire que tu es beaucoup plus… propre aujourd'hui.

Son sourire est communicatif et je lui souris à mon tour.

— C'est ce qui se passe quand on se douche régulièrement, lui dis-je ironiquement et il éclate de rire en renversant la tête en arrière. Eduardo lui aussi a un petit rire, mais quand je jette un coup d'œil à Lucas je vois qu'il est sombre et qu'il fronce les sourcils.

Est-il jaloux de gardes qu'il a lui-même choisis ?

— Vous vous souvenez de mes instructions n'est-ce pas ? leur dit sèchement Lucas en les regardant d'un air mauvais et je réalise son mécontentement à leur égard. Vous vous souvenez de tout ?

— Oui, bien sûr, s'empresse de dire Eduardo. Diego cesse de sourire et tous les deux se redressent. Pas de souci, ajoute le plus petit des deux.

— Bien. Lucas les regarde sévèrement avant de se tourner vers moi. À dans quinze jours, d'accord ? dit-il d'une voix plus douce et j'acquiesce de la tête en essayant d'éviter son regard pâle.

Je suis presque convaincue que mon rêve de la nuit dernière n'en était pas un.

Lucas s'arrête une seconde comme s'il voulait rajouter quelque chose d'autre, mais il se retourne et s'en va. Il sort de la cuisine et quelques secondes plus tard j'entends se refermer la porte d'entrée.

Mon geôlier est parti.

— Alors, dit gaiement Diego, qu'est-ce qu'il y a pour le petit déjeuner ?

* * *

Je prépare une omelette pour nous trois en prenant garde de ne rien faire qui puisse attirer les soupçons. Les deux gardes ont l'air gentil, mais je ne commets pas l'erreur de prendre leur sourire pour autre chose qu'une apparence joviale.

Les braves gens ne travaillent pas pour les trafiquants d'armes et ces deux-là ont une bonne raison de me haïr, du moins s'ils connaissent le rôle que j'ai joué dans le crash de l'avion.

— Alors, Yulia, dit Eduardo en dévorant son omelette avec un plaisir évident, comment as-tu appris à faire la cuisine de cette manière ? C'est parce que tu es Russe ?

— Je suis Ukrainienne, pas Russe, dis-je. Bien que cette différence d'origine soit mince, je préfère me considérer comme appartenant au pays de mes patrons. Eh oui, c'est comme ça en Europe de l'Est. On considère encore qu'il est nécessaire qu'une femme sache faire la cuisine.

— Oh oui, c'est nécessaire. Diego met ce qu'il reste de sa part dans sa bouche et jette un coup d'œil plein de regret à la poêle vide. En ce qui me concerne, je dirais que ça devrait être obligatoire.

— Évidement. Tout comme faire le ménage, la lessive et s'occuper des enfants, c'est ça ? J'adresse un sourire mielleux aux deux hommes.

— Avec une femme aussi belle que toi, je ferais la lessive, dit Eduardo d'un air apparemment sérieux. Mais faire le ménage… J'imagine que je serais bien content d'avoir de l'aide.

Je ris sans pouvoir m'en empêcher. Ce type n'essaie même pas de cacher sa misogynie.

— Il me semble qu'Eduardo veut dire que Lucas a de la chance, dit Diego avec diplomatie en donnant un coup de pied à l'autre garde sous la table. C'est tout.

— D'accord. Je résiste à l'envie de rouler des yeux. C'est sûrement ça.

— Évidemment ! Diego me fait un clin d'œil et se lève pour mettre son assiette en papier à la poubelle. Eduardo a été gâté, c'est pour ça, explique-t-il en revenant vers la table. D'abord, sa *mamacita* l'a dorloté, ensuite c'était son ancienne petite amie.

— Ferme-la, marmonne Eduardo en foudroyant Diego du regard. Rosa ne me dorlotait pas, mais c'était une excellente ménagère.

— Rosa ? Je dresse l'oreille en reconnaissant ce nom.

— Ouais, c'est la bonne d'Esguerra, dit Diego. Une fille vraiment gentille. Bien trop gentille pour lui, ajoute-t-il en montrant Eduardo du doigt. Cependant, elle l'a largué depuis un bon bout de temps.

— Ah, je vois, dis-je en essayant de cacher mon intérêt. Si Rosa était la petite amie d'Eduardo, cela explique qu'elle sache que les gardes jouent au poker. Esguerra a-t-il beaucoup de domestiques ?

— Pas vraiment, répond Eduardo en se levant pour jeter son assiette vide à la poubelle. Il fronce des sourcils ; j'imagine qu'il n'aime pas penser à sa rupture avec Rosa. On devrait y aller, dit-il sèchement, puis il me jette un coup d'œil. Tu as presque fini de manger, Yulia ?

Je hoche la tête en terminant ce qu'il me reste d'omelette.

— Oui. Je vais vers la poubelle y jeter mon assiette à mon tour puis je lave la poêle et je l'essuie avec du sopalin. Je suis prête.

— Bon ! Diego me sourit, ses yeux sombres brillent. Alors, va aux toilettes et nous allons t'emmener faire ta promenade du matin.

* * *

Tout en marchant d'un pas rapide dans la forêt avec les deux hommes je conclus qu'ils ne savent sans doute pas que je suis impliquée dans l'accident d'avion qui a tué leurs collègues. Ou s'ils le savent et ils jouent parfaitement la comédie. Ils plaisantent avec moi aussi aisément qu'ils le font entre eux, ils sont joviaux et détendus. On ne dirait pas des tueurs, sauf que je peux voir leur revolver à la ceinture de leur jean.

Si on leur donne l'ordre de me brûler la cervelle, je suis convaincue qu'ils n'hésiteront ni l'autre.

Notre promenade dure une vingtaine de minutes puis ils me ramènent chez Lucas.

— Et maintenant, chica, dit Diego en m'emmenant à la bibliothèque de Lucas, ton petit ami dit que c'est là que tu passes la journée. Tu prends le livre que tu veux et nous, nous allons travailler.

— Mon petit ami ? Je regarde le garde avec surprise. Tu parles de Lucas ?

Diego se met à sourire.

— À moins que tu en aies un autre ?

Je réprime le désir de nier qu'il en soit ainsi et j'attrape un livre au hasard. Lucas n'est absolument *pas* mon petit ami, mais si c'est l'impression qu'ils ont, ça pourrait m'aider.

Et ça pourrait aussi expliquer pourquoi les deux gardes sont aussi gentils avec moi, voilà ce que je me dis en allant m'asseoir dans le fauteuil. En général, il vaut mieux montrer du respect envers la petite amie du patron, même si elle est menottée et ligotée le plus clair du temps.

Je m'assieds, je prends le livre sur mes genoux, je respire profondément et je tends mes poignets à Diego.

— Vas-y, je suis prête.

CHAPITRE TRENTE-TROIS

❖ LUCAS ❖

Notre vol à destination de Chicago se déroule sans incident. Toutes les deux ou trois heures, Esguerra passe dans la cabine de pilotage pour vérifier que tout se passe bien, mais la plupart du temps il reste dans la cabine avec sa femme et avec Rosa qui les accompagne dans ce voyage.

— Nora continue de dormir, dit-il en revenant une nouvelle fois une heure avant l'atterrissage. Il fronce ses sourcils noirs avec inquiétude. Tu trouves que c'est normal de dormir autant ?

— J'ai entendu dire que les femmes enceintes ont besoin de beaucoup de repos, dis-je en cachant un sourire. Avec Esguerra, on dirait que Nora est la première femme à attendre un enfant. Je suis sûr que tout va bien.

Il hoche la tête et disparaît de nouveau dans la cabine. Sans doute pour veiller sur Nora me dis-je avec amusement avant de me concentrer de nouveau sur les manettes.

Nous atterrissons dans un petit aéroport privé tout près de Chicago où une limousine blindée nous attend sur le tarmac. J'ai fait partir la plupart des gardes avant nous et ils ont passé l'aéroport au peigne fin, je sais donc qu'il n'y a pas de problème. Mais je jette quand même machinalement un coup d'œil tout autour de nous pour le confirmer avant d'aller vers la limousine et de m'asseoir à la place du chauffeur.

On n'est jamais trop prudent dans ce métier.

Sur le chemin qui conduit chez les parents de Nora, mes pensées se tournent vers Yulia. Esguerra est à l'arrière avec Nora et Rosa, et la route est vide, je décide donc d'en profiter pour appeler Diego.

— Comment ça va ? Dès que le garde décroche, je lui pose cette question.

— Eh bien, voyons… Il donne l'impression d'être sur le point d'éclater de rire. Pour le petit déjeuner, elle nous a fait une délicieuse omelette. À midi, elle nous a préparé le meilleur poulet que j'ai jamais mangé et pour le dîner elle fait des côtes de porc grillées et un gâteau au chocolat. Je dirais donc que tout ne va vraiment pas mal. Et puis nous l'avons emmenée en promenade ce matin.

— Elle est sage ? Pas de tentative de fuite ?

— Tu plaisantes ? Cette fille est une prisonnière modèle. À midi au déjeuner elle nous a même appris quelques mots d'argot en russe. Par exemple *yob tyoyu mat'*…

— Parfait. Je grince des dents en me battant contre l'irruption absurde de la jalousie. Je sais que je peux faire confiance à ces deux gardes, mais cela m'agace quand même de les voir devenir aussi copains avec ma captive. Qu'ils soient loyaux ou pas, ce sont quand même des hommes et je sais à quel point il est facile de devenir fou de Yulia. La nuit, n'oublie pas de la menotter à la barre de fer qui est près du lit.

— Entendu, mon vieux.

— Bon. Je respire profondément. Et Diego, si jamais l'un de vous deux met le petit doigt sur elle…

— Impossible ! Le jeune Mexicain donne l'impression d'avoir été insulté. Nous savons bien qu'elle est à toi.

— D'accord. Je me force à détendre ma main crispée sur le volant. Appelle-moi s'il se passe quoi que ce soit.

Et après avoir raccroché, je me concentre de nouveau sur la route.

* * *

Le dîner d'Esguerra avec ses beaux-parents se passe sans encombre jusqu'à ce que Frank, le contact d'Esguerra à la CIA décide de nous rendre visite. Il insiste pour parler à mon patron que j'appelle donc après m'être assuré que nos tireurs d'élite sont bien en position.

Si la CIA décide de nous faire un coup fourré ce soir, ils devront livrer bataille.

Heureusement, Frank semble tenir à la vie. Il renvoie sa voiture et va faire un tour avec Esguerra. Je les suis de près, la main sur la gâchette. Ils ne vont pas loin seulement jusqu'au jardin public le plus proche puis ils reviennent.

— Que voulaient-ils ? Je pose cette question à Esguerra quand démarre la Lincoln noire de Frank.

— Ils voudraient qu'on ne mette pas le pied dans leur foutu pays, explique Esguerra. Apparemment, le FBI chie dans son froc, pour reprendre l'expression de Frank. La raison de notre visite les inquiète. Et en plus, il y a le problème de l'enlèvement de Nora.

— D'accord. Et qu'est-ce que vous lui avez dit ?

— Qu'on n'est pas ici pour affaire et qu'on partira quand ça nous conviendra. Et maintenant si tu permets il faut que je retourne à ce dîner en famille. Il disparaît dans la maison et je me dirige vers la limousine en secouant la tête d'incrédulité.

Je dois le reconnaître mon patron a des couilles.

* * *

Il est tard quand se termine le dîner d'Esguerra. Heureusement le trajet pour Palos Park le quartier résidentiel où il a acheté une grande demeure selon mes recommandations n'est pas long.

— Vous y serez plus en sécurité qu'à l'hôtel, c'est ce que je lui ai dit quand nous avons préparé ce voyage il y a une quinzaine de jours. J'ai choisi cette maison parce qu'elle est entourée d'une haie et qu'elle possède un portail électronique, sans oublier une longue allée ce qui l'isole parfaitement des regards.

Quand nous arrivons à la demeure Esguerra, Nora et Rosa y entrent tandis que je vérifie auprès des gardes qu'ils sont bien en position et savent que faire en cas d'urgence.

J'y passe plus d'une heure et quand j'entre à mon tour dans la maison je meurs d'envie de me coucher. Mais d'abord, il faut que je mange un morceau ; les deux barres énergétiques de merde que j'ai avalées dans la voiture ne peuvent remplacer un vrai repas.

Visiblement, je suis trop gâté depuis que Yulia me fait la cuisine.

— Oh, salut, Luca, dit Rosa quand j'entre dans la cuisine. Elle rougit en me regardant. J'ai dû la surprendre au moment où elle allait se coucher, car elle est en pyjama et elle tient une tasse de lait bouillant dans la main. Je ne m'étais pas rendue compte que tu étais encore debout.

— Ouais, il a fallu vérifier des trucs de dernière minute concernant la sécurité, dis-je en réprimant un bâillement. Pourquoi ne dors-tu pas ?

— Je n'y arrivais pas. Trop d'impressions nouvelles. Ses lèvres charnues dessinent un sourire ironique. Je n'ai encore jamais pris l'avion, et c'est la première fois que je viens en Amérique.

— Je vois. En luttant contre un nouveau bâillement, je vais vers le frigidaire et je l'ouvre. Il est déjà plein, je me suis moi-même occupé des livraisons, je prends donc du fromage et du pain pour me faire un sandwich.

— Tu veux que je te prépare quelque chose ? me propose Rosa en me regardant timidement. Ça ne me prendra qu'une minute.

— C'est gentil de me le proposer, mais tu devrais aller dormir. Je mets du fromage sur une tranche de pain et je mords dans ce sandwich un peu sec. Je suis sûr que tu auras beaucoup à faire en cuisine demain. Je lui réponds après avoir avalé ce que j'ai dans la bouche.

— Ouais, tu sais, c'est mon travail. Elle hausse les épaules puis ajoute : mais tu as sans doute raison, je pense que le Señor Esguerra espère impressionner les parents de Nora demain soir.

— Mmm… Je finis le reste du sandwich en trois bouchées et je remets le fromage au frigidaire. Bonne nuit, Rosa, dis-je en me retournant pour partir.

— Toi aussi. Elle me regarde sortir de la pièce avec une expression étrangement tendue, mais je suis trop fatigué pour me demander à quoi elle pense.

Arrivé dans ma chambre, je prends une douche en vitesse et je m'écroule sur le lit. Mais étrangement, je ne m'endors pas tout de suite. À la place, je reste éveillé plusieurs minutes, me tournant et me retournant dans ce grand lit qui me semble froid et bien trop vide.

Un seul jour s'est écoulé depuis mon départ et Yulia me manque déjà.

Quinze jours, voilà ce que je me dis. Il n'y a que quinze jours à passer. Ensuite, je serai chez moi et Yulia sera de nouveau dans mes bras nuit après nuit.

CHAPITRE TRENTE-QUATRE

❖ YULIA ❖

Je fixe le plafond dans l'obscurité, incapable de fermer les yeux malgré l'heure tardive. C'est étrange d'être dans le lit de Lucas sans lui... De sentir le métal froid des menottes m'attacher à la barre de fer du lit à la place de son poignet. Je me suis habituée à dormir blottie contre son grand corps qui me tient chaud et même avec la couverture remontée jusqu'au menton j'ai froid et je me sens dénudée, toute seule dans ce lit en essayant de me détendre suffisamment pour m'endormir.

Jusqu'à présent, Diego et Eduardo ont été de bons geôliers. Ils ont suivi l'emploi du temps que Lucas doit leur avoir indiqué, ils me laissent me détendre les jambes, aller aux toilettes et lire confortablement dans le fauteuil. Ils me tiennent également compagnie au moment des repas, même si je soupçonne que c'est surtout à cause de ce que j'ai préparé. À la fin du dîner, j'ai conclu que je les aime bien tous les deux, autant qu'il soit possible avec des mercenaires dont le travail est d'assurer ma captivité. Rosa avait raison de dire que ce sont de braves types ; dans d'autres circonstances, nous aurions pu devenir amis.

J'espère que Lucas ne les punira pas trop sévèrement de ma fuite, si je réussis effectivement à m'enfuir demain.

Penser à demain éloigne le peu de sommeil qui commençait à venir. Pour atténuer mon anxiété, je passe de nouveau en revue les détails de mon plan. Il est simple : immédiatement après le déjeuner, j'utiliserai les outils que m'a donnés Rosa pour me libérer et je me précipiterai vers l'extrémité nord du domaine où les gardes de la Tour du Nord 2 devraient être distraits par leur partie de poker. Diego et Eduardo y seront, ils ne reviendront donc pas ici avant six heures du soir. À cette heure-là, je serai dans le camion de livraison et j'espère qu'il sera déjà loin du domaine d'Esguerra.

Si tout se passe bien, demain soir je ne serai plus prisonnière de Lucas Kent.

Je devrais être tout excitée, mais à la place j'ai le cœur serré. Le rêve de la nuit dernière, en admettant que ce soit un rêve, est encore douloureusement présent dans mon esprit. Pendant un court instant j'ai oublié qui nous étions, ce qui s'était passé entre nous et j'ai dit à Lucas quelque chose que j'ignorais jusque-là.

— Tu me détestes ? avait-il demandé, et comme une idiote je lui ai dit que je l'aimais.

J'ai admis cette faiblesse absurde et terrible à un homme qui a retourné contre moi toutes les armes que je lui ai données.

Mais je ne l'ai peut-être pas dit à haute voix. C'était peut-être *vraiment* un rêve, ou plus précisément un cauchemar. Mais dans ce cas pourquoi Lucas a-t-il parlé de la nuit dernière en me disant au revoir ? Pourquoi a-t-il dit que j'allais lui manquer ?

Je me retourne sur le côté en grommelant et je donne un coup de poing à l'oreiller de ma main restée libre. Je dois être dérangée ou du moins avoir subi un lavage de cerveau à cause de ma captivité. Je ne peux pas être amoureuse d'un homme qui a l'intention de tuer mon frère.

Je ne peux pas être cette idiote qui s'est éprise d'un tueur qui a une pierre à la place du cœur.

Tu me manqueras.

J'entends chuchoter sa voix grave et je ferme les paupières de toutes mes forces pour essayer de ne plus y penser. Ce que je ressens en ce moment, que ce soit de l'amour ou une folie passagère, disparaîtra quand je serai partie.

Il faut y croire afin de me concentrer sur ma fuite.

* * *

Le petit déjeuner et le déjeuner s'éternisent de manière désespérante. Quand Diego et Eduardo me ligotent finalement au fauteuil, je suis folle d'impatience. J'espère qu'ils ne se sont pas rendu compte de mon anxiété ; j'ai fait de mon mieux pour me comporter normalement, mais je ne sais pas si j'y suis parvenue.

Après avoir entendu la porte d'entrée se fermer derrière eux, je reste tranquille quelques minutes pour m'assurer qu'ils ne vont pas revenir. Quand j'en suis certaine, je passe à l'action. Mon cœur bat à se rompre et mes mains sont moites quand je fouille dans le coussin du fauteuil pour récupérer ce que m'a donné Rosa.

J'en extrais d'abord l'épingle à cheveux. Les cordes qui m'attachent les avant-bras au fauteuil limitent ma marge de mouvement, mais je parviens à glisser l'épingle à cheveux dans la serrure des menottes. Je ne suis pas une serrurière accomplie, mais on nous a appris ce qu'il faut faire pendant ma formation et après m'y être essayée à plusieurs reprises j'arrive à ouvrir les menottes.

Ensuite, c'est au tour de la lame de rasoir. Maintenant que mes mains sont libres, je glisse la minuscule lame sous les grosses cordes qui m'entourent les avant-bras et je commence à les couper. Ce n'est pas facile, je me coupe et je saigne en le faisant, mais rien ne peut m'arrêter et dix minutes plus tard j'ai coupé assez de corde pour me glisser dessous et me lever du fauteuil.

Je viens d'exécuter la première partie de mon plan.

Puis, je me précipite à la cuisine et j'attrape deux bouteilles d'eau et quelques barres énergétiques que j'ai trouvées dans l'un des placards. Je ne pense pas rester longtemps dans la jungle, mais il vaut mieux prévoir. À cette heure de la journée, la chaleur pourrait me déshydrater en l'espace de quelques heures. Je prends aussi le couteau le plus aiguisé que je puisse trouver et je glisse la lame de rasoir et l'épingle à cheveux dans la poche de mon short, en cas de besoin. Je mets le couteau et les provisions dans un sac à dos que je trouve dans l'armoire de Lucas et je me dirige vers la porte qui se trouve dans la chambre de Lucas et qui donne sur la cour puis sur la jungle.

En retenant mon souffle, j'ouvre la porte et j'inspecte les alentours. Aucun signe des gardes, je n'entends que les bruits habituels de la nature.

Jusqu'ici, tout va bien.

Je sors et je referme la porte derrière moi. Une chaleur humide s'abat sur moi et plaque mes vêtements sur mon corps. J'ai eu raison d'emporter ces bouteilles d'eau. Je dois me diriger vers le nord pendant quatre kilomètres puis vers l'ouest le long de la rivière pour rejoindre la piste dont Rosa a parlé et il faudra que je boive en route.

En respirant profondément pour me calmer les nerfs, je me dirige vers les arbres qui sont derrière la maison. Les tennis que Lucas m'a procurés pour aller en promenade sont presque silencieux quand j'entre dans les profondeurs de la jungle et je pousse un soupir de soulagement quand la canopée des arbres se referme sur moi et me dissimule de tout regard venu du ciel.

Maintenant, il faut que j'atteigne l'extrémité du domaine et que je trouve la route sur laquelle le camion de livraison en sortira vers trois heures de l'après-midi.

Je sens de la sueur sous mes aisselles, elle coule aussi dans mon dos tant je vais vite en essayant de ne marcher ni sur des serpents ni sur des insectes. Un arbre au tronc fin, un gros arbre, des buissons, un tronc à terre, ces indices me permettent de mesurer le chemin parcouru. Me concentrer sur ce qui est tout près de moi m'aide à ne pas penser aux drones qui pourraient me survoler ni aux tours de garde devant lesquelles je passerai avant d'atteindre les limites du domaine. Rosa m'a dit que la Tour Nord 2 est celle où les gardes jouent au poker, mais je ne sais pas comment la distinguer des autres.

S'il y a une Tour 2, il doit y avoir une Tour 1 et si je ne tombe pas sur la bonne je suis fichue.

Après une demi-heure de marche, je prends la première bouteille et j'en bois presque toute l'eau d'un seul trait puis j'essuie la sueur de mon visage avec le bas de mon tee-shirt. Même en short et en tee-shirt léger la chaleur est difficile à supporter.

Encore un peu plus longtemps, voilà ce que je me dis. La rivière ne doit plus être loin maintenant. Il faut juste l'atteindre puis la suivre en direction de l'ouest jusqu'à la route.

Elle ne doit pas être à plus d'une demi-heure de marche.

— Alto !

En entendant cet ordre hurlé en espagnol d'une voix rude je me fige en levant instinctivement les mains en l'air. La bouteille d'eau me glisse des doigts et tombe. *Oh ! merde. Merde, merde, merde.*

Cette voix d'homme me lance un autre ordre avec la même rudesse et je me retourne lentement en supposant que c'est ce qu'il me dit de faire.

Un homme brun et très musclé est debout à deux ou trois mètres de moi, son M16 est pointé sur ma poitrine. Il porte un treillis et un tee-shirt et je vois une radio accrochée à sa ceinture.

C'est l'un des gardes. Il devait patrouiller dans la forêt et il a dû me repérer.

Je suis vraiment fichue.

En me regardant d'un œil mauvais, le garde me dit quelque chose en espagnol et je secoue la tête.

— Désolée. Je passe la langue sur mes lèvres desséchées pour les humecter. Je ne parle pas vraiment espagnol.

L'hostilité du jeune homme s'accroit.

— Qui êtes-vous ? Qu'est-ce que vous faites là ? demande-t-il en anglais avec un fort accent.

— Je suis… J'avale ma salive en sentant la sueur couler le long de mes tempes. Je suis chez Lucas.

— Lucas Kent ? Un instant, le garde semble interloqué puis il ouvre de grands yeux. Vous êtes la prisonnière.

— Hum, en quelque sorte. Mais maintenant, je suis plutôt son invitée. Je tente un faible sourire en baissant lentement les bras sur le côté. Vous savez ce qu'il en est.

Un air compréhensif apparait sur le visage du garde.

— Vous êtes sa *puta*.

Je suis vraiment certaine qu'il vient de me traiter de putain, mais je hoche la tête en souriant plus franchement, en espérant que mon sourire est plus séducteur qu'effrayé.

— Il m'aime bien, dis-je en rejetant les épaules en arrière pour mettre en avant mes seins nus sous mon tee-shirt. Vous voyez ce que je veux dire ?

Les yeux de l'homme glissent de mon visage à mon tee-shirt trempé de sueur.

— Si. Sa voix est légèrement rauque. Je sais ce que vous voulez dire.

Je m'avance d'un pas vers lui sans cesser de sourire.

— Il est parti, dis-je en n'oubliant pas de rouler des hanches. Parti en voyage avec votre patron.

— Avec Esguerra, oui. L'homme semble hypnotisé par mes seins qui se balancent selon mes mouvements. En voyage.

— C'est ça. J'avance d'un autre pas. Je m'ennuyais à la maison.

— Vous vous ennuyiez ? Le garde parvient enfin à détourner les regards de ma poitrine. Il a les yeux légèrement hébétés quand il regarde mon visage, mais son arme est toujours pointée sur moi. Vous ne devriez pas être dans la forêt.

— Je sais. Je fais exprès de me mordre la lèvre inférieure. Lucas me laisse sortir dans la cour. Il y avait un bel oiseau, je l'ai suivi, et je me suis perdue.

Je n'ai jamais entendu d'histoire aussi stupide, mais le garde ne semble pas de cet avis. Mais c'est sans doute parce qu'il fixe mes lèvres comme s'il voulait les dévorer.

— Alors vous pouvez peut-être m'indiquer la direction de la maison. Je continue de parler tandis qu'il garde le silence et je m'aventure à faire encore un tout petit pas vers lui. Il fait très chaud aujourd'hui.

— Oui. Il baisse son arme et me prend par le bras gauche. Venez, je vais vous y ramener.

— Merci ! Je souris aussi gaiement que possible et je lève brusquement la main gauche pour lui donner un coup sous le nez.

On entend un craquement suivi par un giclement rouge. Le garde recule, porte instinctivement la main à son nez cassé, j'attrape le M16 par le baril, je lui donne un coup au genou et je tire le fusil d'assaut vers moi.

Je lui ai bien touché le genou, mais il ne lâche pas prise. Au contraire, il laisse son nez et s'agrippe des deux mains à son arme qu'il tire vers lui en même temps que moi.

Il n'est peut-être pas aussi bien entraîné que Lucas, mais il est tout de même beaucoup plus fort que moi.

En réalisant qu'il ne me reste que quelques secondes avant qu'il ne me renverse sur le sol, j'arrête de tirer vers moi et je dirige l'arme vers lui ce qui le déséquilibre un instant. Au même moment, je le frappe de toutes mes forces entre les jambes. Mon coup de pied a atteint son but : son entrejambe. Un cri étouffé s'échappe de sa gorge, suivi d'un hurlement strident quand il se plie en deux. Il devient blême et son emprise sur son arme se relâche une seconde, je n'ai pas besoin de plus.

J'arrache l'arme lourde de ces mains et je lui en donne un coup sur la tête.

Le fusil fait un gros bruit sourd en lui frappant le crâne. L'impact du choc me fait mal aux bras, mais mon adversaire tombe comme une masse.

J'ignore s'il est inconscient ou s'il est mort et je ne perds pas de temps à le vérifier. S'il y a d'autres gardes dans les parages, ils ont pu entendre ses hurlements.

Me saisissant du M16 je me mets à courir.

Un arbre. Un buisson. Une racine noueuse. Une fourmilière. Tous ces petits points de repère minuscules défilent sous mes yeux tandis que je cours et ma respiration est assourdissante. Toutes les deux minutes, je jette un coup d'œil derrière moi pour voir si je suis poursuivie, mais comme je ne vois personne après quelques minutes je prends le risque de ralentir mon allure.

Où diable est donc la rivière ? Deux miles et demi ça fait quatre kilomètres ; ça ne devrait pas être aussi long d'y parvenir.

Avant de pouvoir me demander si Rosa a menti, brusquement devant moi le sol descend en pente raide. Je m'arrête d'un coup en évitant de justesse de trébucher et à travers l'épaisseur des buissons enchevêtrés qui sont devant moi je vois scintiller du bleu en contrebas.

C'est la rivière !

J'ai atteint la limite nord du domaine d'Esguerra.

Je pousse un énorme soupir de soulagement. Je m'avance pour regarder de plus près et de nouveau je me fige.

À moins de cent mètres sur ma gauche se trouve une tour de garde.

Ce sont les arbres qui l'ont dissimulée à mes yeux.

Je recule pour m'accroupir derrière l'arbre le plus proche en espérant éperdument que les gardes ne m'ont pas encore repérée. Comme je n'entends ni cris ni coups de feu, je m'aventure à jeter de nouveau un coup d'œil à la tour.

C'est un grand bâtiment imposant qui domine la forêt. Au sommet se trouve une construction carrée où les fenêtres sont remplacées par des meurtrières et qui est entourée d'un chemin de garde. Je n'y vois pas de garde, mais ils sont sans doute à l'intérieur et à l'ombre afin de se protéger de la chaleur étouffante. Rien n'est indiqué sur la tour. Cela pourrait être la Tour du

Nord 2 ou bien une autre. Il n'y a pas moyen de le savoir.

En allant vers l'ouest, je passerai tout près et si les gardes qui sont à l'intérieur regardent au-dehors, je serai attrapée immédiatement.

Je pense un instant à rebrousser chemin et à essayer de trouver la route quand je serai plus au sud et hors de portée de vue de la tour, mais j'y renonce. Là-bas aussi, il pourrait y avoir d'autres tours. De plus, Rosa a dit que la sécurité électronique se concentre sur ce qui *pénètre* le domaine. Cela signifie que l'ordinateur pourrait signaler tout ce qui se dirige vers le sud à partir d'ici.

Ou bien je traverse la rivière tout de suite ou bien je prends la direction de l'ouest et j'essaie de trouver l'endroit où la rivière croise la route.

Je regarde la rivière. Comme d'épais buissons m'en bloquent la vue, je ne sais pas si elle est large ni quelle est sa profondeur. Elle pourrait sans doute avoir un violent courant et comme nous sommes dans la forêt amazonienne elle pourrait être infestée de crocodiles. Je pourrais tenter le coup, mais ma formation n'était pas vraiment orientée sur la traversée des rivières dans la jungle.

De nouveau, je jette un coup d'œil à la tour. Toujours pas de gardes sur le chemin de garde. Se pourrait-il qu'ils jouent au poker à l'intérieur ?

J'hésite une minute entre les deux options en pesant le pour et le contre, mais finalement c'est la position du soleil qui m'aide à prendre ma décision. Il commence à descendre dans le ciel ce qui veut dire qu'on est en milieu d'après-midi. Comme je n'ai pas de montre, je ne sais pas quelle heure il est, mais on se rapproche sans doute de trois heures.

Si je ne trouve pas rapidement la route, je risque de manquer le camion de livraison et alors, peu importe que les gardes de la tour m'aperçoivent ou pas. Une fois que Diego et Eduardo se seront aperçus de ma disparition, si je continue de marcher dans la jungle ce ne sera qu'une question d'heures avant qu'on me retrouve.

En essayant de réprimer le tremblement de mes mains, je pose le M16 par terre, on risque bien plus de me tirer dessus si je suis armée et un fusil d'assaut ne m'aidera pas à me défendre contre plusieurs gardes mieux armés et protégés par la tour.

Après un dernier coup d'œil à la rivière, je quitte l'arbre sous lequel je m'étais cachée et je me dirige vers l'ouest, vers la tour.

Un arbre au tronc fin. Un gros arbre. Une racine. Un buisson. Un bouquet de fleurs sauvages. Tout en marchant, je fixe la végétation, et une peur glacée m'étreint le cœur. La tour se rapproche, je la vois désormais du coin de l'œil et je m'oblige à ne pas la regarder, à avancer lentement d'un pas décidé, en mettant simplement un pied devant l'autre.

Un gros arbre. Un autre gros arbre. Un petit fossé que je traverse d'un saut. J'ai l'impression que mon cœur va céder tant il bat vite, mais je continue, toujours sans un regard vers la tour. Elle est parallèle à moi, puis légèrement derrière moi, mais je garde les yeux droits devant et je continue de marcher au même rythme régulier.

J'ai la chair de poule et mes cheveux se dressent sur ma tête en traversant une petite clairière, mais il n'y a toujours ni cris ni coups de feu.

On ne me voit pas.

Ce doit être la Tour du Nord 2.

Je prends le risque d'accélérer un peu le pas et deux minutes plus tard quand je jette un coup d'œil derrière moi la tour a disparu.

Je m'arrête et je m'adosse à un tronc d'arbre, mes genoux flageolent sous le soulagement.

J'ai dépassé la tour sans qu'on me tire dessus.

Les battements frénétiques de mon cœur commencent à ralentir, je me force alors à me redresser et à continuer mon chemin.

Je ne sais pas combien de temps je marche avant de rejoindre la route, mais le soleil est bas dans le ciel quand je la trouve. Ce n'est pas vraiment une route, seulement une piste qui traverse la jungle, mais quand elle rejoint la rivière, elle s'élargit et il y a un robuste pont de bois.

Je m'arrête pour prêter l'oreille, mais tout est silencieux. Pas de voiture qui s'approche, aucun signe des gardes.

Je prends la direction du pont et continue de marcher. Je m'aperçois immédiatement que j'ai eu raison de ne pas essayer de traverser la rivière tout à l'heure. Elle est large et ses deux rives sont abruptes, presque comme des falaises. Même si j'avais réussi à la traverser à la nage, j'aurais eu du mal à gravir l'autre rive.

Je continue à marcher et bientôt le pont ainsi que le domaine d'Esguerra sont tous les deux derrière moi. J'essaie autant que possible de rester sous les arbres tout en suivant la route. Je ne veux pas être repérée par les drones qui pourraient patrouiller dans cette zone, mais je ne peux pas courir le risque de manquer le camion de livraison.

J'ai l'impression de marcher depuis des heures quand j'entends le vrombissement d'un moteur de voiture.

Le voilà !

Je prends le couteau que j'ai volé dans la cuisine de Lucas et je le plante dans la ceinture de mon short tout en couvrant son manche avec le haut de mon tee-shirt. J'espère ne pas avoir à l'utiliser, mais il vaut mieux être prête à cette éventualité.

Sans tenir compte du martèlement frénétique de mon cœur, je vais sur la route et j'attends que le véhicule s'approche.

C'est une camionnette, pas un camion comme je le croyais. Il s'arrête devant moi et le chauffeur, un petit homme d'âge moyen au teint sombre en sort d'un bond tout en me fixant avec surprise. Il me demande quelque chose en espagnol et je secoue la tête en lui expliquant :

— Touriste ! Je suis une touriste américaine et je me suis perdue. Aidez-moi s'il vous plaît.

Il semble encore plus surpris et dit quelque chose à toute vitesse en espagnol.

De nouveau, je secoue la tête.

— Désolée, je ne parle pas espagnol.

Il fronce les sourcils et regarde tout autour de lui comme s'il s'attendait à ce qu'un traducteur sorte des buissons. Comme il ne se passe rien, il hausse les épaules et me fait signe de le suivre dans la camionnette.

Je monte à côté de lui sur le siège du passager sans lâcher le couteau de la main. Ce livreur est peut-être au service d'Esguerra ou bien c'est seulement quelqu'un qui livre des provisions au domaine du trafiquant d'armes.

Dans un cas comme dans l'autre, s'il tente quoi que ce soit ou s'il essaie d'appeler quelqu'un, je suis prête.

Le chauffeur démarre et la camionnette prend la piste dans la direction du nord. Après quelques minutes, l'homme met de la musique et commence à chantonner sous sa barbe. Je lui souris et je lâche la poignée du couteau.

J'ai réussi.

Je me suis enfuie.

Maintenant, je peux prévenir Obenko et sauver mon frère.

— Au revoir Lucas. Je le murmure mentalement tandis que la camionnette avance tant bien que mal sur la piste et m'emmène loin de mon geôlier.

Loin de celui que j'aime.

EN AVANT-PREMIÈRE

Merci d'avoir lu ce roman ! Si vous souhaitez écrire un avis, je vous en serais très reconnaissante.

L'histoire de Lucas et de Yulia se poursuit dans *Réclame-Moi* (*Capture-Moi*, Volume 3). Si vous souhaitez être prévenu(e) de la parution de ce livre, veuillez-vous inscrire sur ma liste de nouvelles parutions sur www.annazaires.com/french.html.

Si vous n'avez pas encore lu l'histoire de Nora et de Julian je vous suggère de lire *L'Enlèvement*. Les trois volumes de la trilogie sont désormais disponibles en français.

Par ailleurs si ce livre vous a plu vous pourriez aimer l'histoire de Mia et de Korum, une autre de mes trilogies qui est également disponible en français.

Et maintenant, tourner la page pour un avant-goût de *Twist Me - L'Enlèvement* et de *Liaisons Intimes*.

EXTRAITS DE *TWIST ME - L'ENLÈVEMENT*

Note de l'auteur : Ce roman d'un érotisme sombre traite de sujets qui risquent de heurter certains lecteurs. Vous voilà prévenus ! Il diffère aussi de mes autres livres parce qu'il est écrit à la première personne.

* * *

Kidnappée. Séquestrée sur une île privée.

Je n'aurais jamais cru que cela puisse m'arriver. Je n'ai jamais imaginé qu'une rencontre fortuite la veille de mon dix-huitième anniversaire pourrait ainsi changer ma vie.

Désormais, je lui appartiens. J'appartiens à Julian. Un homme aussi impitoyable que beau. Un homme dont les caresses me consument. Un homme dont la tendresse me fait plus de mal que sa cruauté.

Mon ravisseur est une énigme. Je ne sais ni qui il est ni pourquoi il m'a enlevée. Il y a des ténèbres en lui, des ténèbres qui me font peur tout en m'attirant.

Je m'appelle Nora Leston, et voici mon histoire.

AVERTISSEMENT : Ce roman n'est pas un roman traditionnel. Il traite de sujets troublants comme le consentement discutable et le syndrome de Stockholm et les scènes de sexe y sont explicites. Ce roman est destiné à des lecteurs âgés de plus de dix-huit ans. L'auteur n'approuve ni ne tolère le comportement de ses personnages.

* * *

C'est le soir maintenant. Chaque minute qui passe accroit mon anxiété à la pensée de revoir mon ravisseur.

Le roman que je lis ne m'intéresse plus. Je l'ai posé et je tourne en rond dans la pièce.

Je porte les vêtements que Beth m'a donnés tout à l'heure. Ce n'est pas ce que j'aurais choisi de porter, mais c'est toujours mieux qu'un peignoir de bain. Un panty sexy en dentelle blanche et un soutien-gorge assorti, voilà mes sous-vêtements. Et une jolie robe d'été bleu qui se boutonne sur le devant. Étrangement, tout est exactement à ma taille. Est-ce qu'il m'a espionnée pendant un certain temps ? Et tout appris de moi, y compris la taille de mes vêtements ?

Cette pensée me rend malade.

J'essaie de ne pas penser à ce qui va arriver, mais c'est impossible. Je ne sais pas pourquoi je suis convaincue qu'il va venir me voir ce soir. Peut-être a-t-il tout un harem dissimulé dans cette île et qu'il rend visite à une femme différente chaque jour de la semaine comme le faisaient les sultans.

Et pourtant je sais qu'il va bientôt arriver. La nuit dernière n'a fait qu'aiguiser son appétit. Je sais qu'il n'en a pas fini avec moi. Loin de là.

Finalement, la porte s'ouvre.

Il entre en maître des lieux. Ce qui est précisément le cas.

De nouveau, je suis frappée par sa beauté virile. Avec un visage comme le sien, il aurait pu être modèle ou acteur de cinéma. S'il y avait un peu de justice dans ce monde, il aurait été petit ou il aurait d'autres imperfections en contrepartie de ce visage.

Mais non. Il est grand et musclé, parfaitement proportionné. En me souvenant de ce que j'ai ressenti quand il était en moi, mon excitation se réveille bien malgré moi.

De nouveau, il porte un jean et un tee-shirt. Gris cette fois-ci. Il semble préférer s'habiller simplement et il a raison. Il n'a pas besoin que ses vêtements le mettent en valeur.

Il me sourit. Un sourire d'ange déchu, à la fois sombre et séducteur.

— Bonsoir, Nora.

Je ne sais que lui dire, alors je laisse échapper la première chose qui me vient à l'esprit.

— Combien de temps allez-vous me garder ici ?

Il penche légèrement la tête sur le côté.

— Ici, dans cette pièce ? Ou sur cette île ?

— Les deux.

— Beth te fera visiter demain, elle t'emmènera nager si tu veux, dit-il en s'approchant de moi. Tu ne seras pas enfermée, sauf si tu fais une bêtise.

— Quel genre de bêtise ? ai-je demandé, le cœur battant en le voyant s'arrêter près de moi et lever la main pour me caresser les cheveux.

— Essayer de faire du mal à Beth ou de te faire du mal. Sa voix est douce, son regard hypnotique quand il baisse les yeux sur moi. Étrangement, sa manière de me caresser les cheveux m'aide à me détendre.

Je cligne des yeux pour tenter de rompre le charme.

— Et sur cette île ? Combien de temps allez-vous m'y garder ?

Sa main caresse mon visage, se pose sur ma joue. En m'apercevant que je me frotte contre sa main comme un chat que l'on caresse, je me raidis immédiatement.

Ses lèvres dessinent un sourire entendu. Ce salaud sait l'effet qu'il a sur moi.

— Longtemps, j'espère, dit-il.

Sans savoir pourquoi, ça ne m'étonne pas. Il n'aurait pas pris la peine de m'amener jusqu'ici pour me baiser deux ou trois fois. Je suis terrifiée, mais pas surprise.

Je prends mon courage à deux mains et pose la question qui s'ensuit logiquement.

— Pourquoi m'avoir kidnappée ?

Il cesse de sourire. Il ne répond pas et se contente de me regarder, ses yeux bleus restent mystérieux.

Je commence à trembler.

— Vous allez me tuer ?

— Non, Nora, je ne vais pas te tuer.

Sa réponse me rassure, mais évidemment c'est peut-être un mensonge.

— Allez-vous me vendre ? J'ai du mal à le dire. Comme prostituée, ou alors quelque chose de ce genre ?

— Non, dit-il d'une voix douce. Jamais de la vie. Tu es à moi et rien qu'à moi.

Je suis un peu plus calme, mais il reste encore quelque chose que j'ai besoin de savoir.

— Allez-vous me faire du mal ?

Il ne répond pas immédiatement. Une lueur obscure traverse son regard.

— Probablement, dit-il à voix basse.

Alors il s'est penché sur moi et m'a embrassée, ses lèvres sur les miennes étaient douces, douces et ardentes.

Pendant un instant, je suis restée figée, inerte. Je croyais ce qu'il disait. Je savais qu'il disait la vérité en disant qu'il allait me faire du mal. Il y a quelque chose chez lui qui me terrifie, qui m'a terrifiée depuis le début.

Il ne ressemble pas aux garçons avec lesquels je suis sortie. Il est capable de tout.

Et je suis entièrement à sa merci.

Je pense essayer de lui résister de nouveau. Ce serait normal dans ma situation. Ce serait courageux.

Et pourtant je ne le fais pas.

Je sens les ténèbres en lui. Il y a quelque chose de mauvais en lui. Sa beauté extérieure dissimule quelque chose de monstrueux.

Je ne peux pas lui permettre de donner libre cours au mal. Je ne sais pas ce qui arriverait si je le faisais.

Alors je m'immobilise dans ses bras et je le laisse m'embrasser.

Et quand il me soulève et me porte sur le lit, je n'essaie nullement de lui résister.

Au contraire, je ferme les yeux et m'abandonne à mes sensations.

* * *

Pour plus d'informations, veuillez consulter ma page web : www.annazaires.com/french.html.

EXTRAIT DE *LIAISONS INTIMES*

Remarque : *Liaisons Intimes* est le premier volume de ma série de science-fiction érotique, les Chroniques Krinar. Sans être aussi sombre que *Twist Me - L'Enlèvement, Liaisons Intimes* contient des éléments qui plairont aux amateurs d'érotisme noir.

* * *

Un romance au charme sombre et audacieux qui séduira les amateurs de liaisons dangereusement érotiques...

Dans un futur proche, la Terre est désormais sous l'emprise des Krinars, une espèce sophistiquée venue d'une autre galaxie. Ils restent un mystère pour nous, et nous sommes totalement à leur merci.

Mia Stalis est une jeune étudiante New Yorkaise, plutôt innocente et timide. Elle mène une vie parfaitement normale. Comme la plupart des êtres humains elle n'a jamais eu de contact avec les envahisseurs, jusqu'au jour où une simple promenade dans Central Park va changer sa vie à jamais. Mia a été remarquée par Korum et elle doit maintenant se confronter à un puissant Krinar, doté de dangereux moyens de séduction, qui veut la posséder corps et âme — et qui ne reculera devant rien pour devenir son maître.

Jusqu'où peut-on aller pour retrouver sa liberté ? Quels sacrifices peut-on consentir pour aider ses semblables ? Quels choix nous reste-t-il quand on s'éprend de son ennemi ?

* * *

L'air était vif et pur tandis que Mia descendait d'un pas rapide un sentier sinueux de Central Park. Partout, on voyait l'approche du printemps, les arbres encore nus avaient de minuscules boutons et les nounous étaient sorties en masse pour profiter de cette première journée de beau temps avec les enfants turbulents qui leur étaient confiés.

Bizarrement, tout avait changé depuis quelques années et pourtant tout était identique. Si dix ans plus tôt on avait demandé à Mia à quoi ressemblerait la vie après une invasion d'extra-terrestres, ce n'est pas du tout ce qu'elle aurait imaginé. Les films 'Independance Day' ou 'La Guerre des Mondes' étaient à des lieux de montrer ce qui se passe réellement quand une civilisation plus sophistiquée prend le dessus. Il n'y avait eu ni combat ni résistance du gouvernement parce qu'*ils* les avaient rendus impossibles. Rétrospectivement, il sautait aux yeux que ces films étaient idiots. Les engins nucléaires, les satellites et les avions de combat étaient aussi primitifs que des pierres et des bouts de bois. Mia aperçut un banc vide près du lac et s'y dirigea avec plaisir, ses épaules se ressentaient du poids de son sac à dos où elle avait mis son volumineux ordinateur portable — elle l'avait depuis 12 ans — ainsi que ses livres, imprimés sur papier comme autrefois. Elle avait beau avoir 20 ans, parfois elle se sentait déjà vieille, et comme dépassée par un monde nouveau sans cesse en évolution, un monde de tablettes fines comme du papier à cigarette et de montres qui servaient de téléphones portables. Depuis le jour K, le rythme des progrès technologiques ne s'était pas ralenti ; en fait de nombreux nouveaux gadgets avaient été influencés par ceux des Krinars. Non pas que les Krinars partageaient allègrement leur précieux savoir technologique ; de leur point de vue, leur petite expérience devait se poursuivre sans la moindre interruption.

Mia ouvrit la fermeture éclair de son sac et en sortit son vieux Mac. Il était lourd et lent, mais il fonctionnait encore et Mia, comme tous les étudiants désargentés, ne pouvait rien s'offrir de mieux. Une fois en ligne elle ouvrit une page vierge sur Word et se prépara à rédiger sa dissertation de sociologie, une véritable torture.

Après 10 minutes sans avoir écrit un seul mot elle s'arrêta. De qui se moquait-elle ? Si elle voulait vraiment s'y mettre, il ne fallait pas venir au parc ; évidemment c'était tentant de se donner l'illusion de pouvoir profiter du grand air et travailler, mais elle n'avait jamais été capable de faire les deux en même temps. Pour ce genre d'effort intellectuel, une vieille bibliothèque poussiéreuse lui convenait bien mieux.

En son for intérieur Mia se reprocha d'être aussi paresseuse, soupira et commença à regarder autour d'elle au lieu d'essayer de travailler. Elle ne se lassait jamais de regarder les gens à New York.

La scène lui était familière, comme elle s'y attendait il y avait le clochard de service sur un banc voisin (Dieu merci ce n'était pas le banc le plus proche parce qu'il avait l'air de sentir le fauve) et deux nounous bavardaient en espagnol en promenant tranquillement leurs landaus. Un peu plus loin, une jeune fille faisait du jogging, ses reeboks roses offrant un joli contraste avec son survêtement bleu. Mia suivit la joggeuse des yeux avant qu'elle ne disparaisse. Elle admirait sa condition physique. Elle avait un emploi du temps tellement chargé qu'elle n'avait pas beaucoup de temps pour faire du sport et elle se disait qu'elle n'aurait pas pu suivre cette jeune fille à ce rythme pendant plus d'un kilomètre.

À sa droite, elle voyait le Pont Bow au-dessus du lac. Un homme était penché sur le parapet et regardait l'eau. Son visage était tourné de l'autre côté si bien qu'elle ne pouvait voir qu'une partie de son profil. Et pourtant il y avait quelque chose en lui qui attira l'attention de Mia.

Elle n'arrivait pas à savoir de quoi il s'agissait. Il était vraiment grand et semblait costaud sous l'imperméable élégant qu'il portait, mais ce n'était pas ce qui l'intriguait. Les hommes grands, beaux et bien habillés ne manquent pas à New York, la ville regorge de top-modèles. Non, il y avait autre chose. Peut-être son attitude, parfaitement immobile, ne faisant aucun geste inutile. Ses cheveux bruns brillaient dans la vive lumière ensoleillée de l'après-midi, sa frange se soulevait légèrement dans la brise douce du printemps.

Et puis il était seul.

— Eh bien ! voilà, pensa Mia. D'habitude, il y avait toujours du monde sur ce joli pont, mais là, il était seul ; pour une raison qui lui échappait, tous semblaient l'éviter. En fait, à part elle et le clochard qui sentait sans doute mauvais, tous les bancs au bord de l'eau, d'habitude si recherchés, étaient vides.

Comme s'il avait senti qu'elle le regardait, l'homme qui faisait l'objet de son attention tourna lentement la tête et la regarda droit dans les yeux. Avant d'avoir compris ce qui se passait elle sentit son sang se glacer, elle était pétrifiée et incapable de détourner son regard de ce prédateur qui semblait maintenant, lui aussi, la regarder avec intérêt.

* * *

Respire, Mia, respire !

Une voix enfouie en elle, une petite voix raisonnable n'arrêtait pas de le lui répéter. Et cette même part d'elle-même, bizarrement objective, remarquait la symétrie du visage de cet homme, sa peau bronzée tendue sur ses pommettes saillantes et sa mâchoire solide. Elle avait vu des Ks en photo et sur des vidéos, ni les unes ni les autres ne leur rendaient vraiment justice. La créature qui ne se tenait guère qu'à une dizaine de mètres d'elle était tout simplement extraordinaire.

Alors qu'elle continuait de le regarder fixement, toujours pétrifiée, il se redressa et fit quelques pas dans sa direction. Ou plutôt, il bondit vers elle, lui sembla-t-il, ressemblant à un félin qui s'approche légèrement d'une gazelle. Ce faisant, il ne la quittait pas des yeux. Quand il se rapprocha, elle distingua de petits éclats jaunes dans ses yeux d'or pâle ainsi que ses longs cils épais.

Elle s'aperçut avec un mélange d'horreur et d'incrédulité qu'il s'était assis sur le banc à quelques centimètres d'elle et qu'il lui souriait en montrant ses dents blanches. Pas de crocs, lui dit la part de son cerveau qui fonctionnait encore, rien qui puisse y ressembler. Encore un mythe à leur sujet, tout comme leur soi-disant horreur du soleil.

— Comment vous appelez-vous ? La question avait presque été posée comme un ronronnement. Cette créature avait la voix basse et douce, pratiquement sans le moindre accent. Ses narines se soulevaient légèrement comme s'il sentait son parfum.

— Heu… Mia avala sa salive avec nervosité. M-Mia.

— Mia, répéta-t-il lentement, semblant prendre plaisir à dire son nom. Mia comment ?

— Mia Stalis. Merde alors, pourquoi voulait-il savoir son nom ? Et pourquoi était-il là, en train de lui parler ? Et qui plus est, que faisait-il à Central Park, si loin de l'un des Centres K ? *Respire, Mia, respire !*

— Détendez-vous donc Mia Stalis !

Il sourit de toutes ses dents, et une fossette apparut sur sa joue gauche. Une fossette ? Les K avaient donc des fossettes ?

— Vous n'avez donc encore jamais rencontré l'un d'entre nous ?

— Non, jamais Mia poussa un grand soupir et s'aperçut qu'elle avait retenu son souffle. Malgré tout son trouble, sa voix ne tremblait pas trop et elle en fut fière. Devrait-elle l'interroger, souhaitait-elle savoir ? Elle prit son courage à deux mains.

— Et que… — une fois de plus elle avala sa salive — que voulez-vous de moi ?

— Juste parler, pour le moment. Il plissait légèrement ses yeux dorés, elle avait l'impression qu'il était sur le point de se moquer d'elle. Bizarrement, elle en fut assez agacée pour sentir sa peur s'atténuer. S'il y avait une chose à laquelle Mia était très sensible, c'était la moquerie. Mia était de petite taille, très mince, mal à l'aise avec les autres comme toutes les jeunes filles qui ont dû supporter le désagrément d'avoir eu un appareil dentaire, des cheveux frisés et des lunettes pendant leur adolescence. C'était un véritable cauchemar de faire sans cesse l'objet des moqueries des uns et des autres. Elle releva la tête avec agressivité.

— Alors d'accord, comment *vous* appelez-vous ?

— Moi, c'est Korum.

— Korum tout court ?

— Contrairement à vous, nous n'avons pas vraiment de nom de famille. Le mien est tellement long que vous n'arriveriez pas à le prononcer si je vous le disais.

Voilà qui était intéressant. En l'entendant, elle se souvenait avoir lu quelque chose à ce sujet dans le *New York Times*. Jusqu'ici, tout allait bien. Ses jambes ne tremblaient plus, sa respiration s'était calmée. Elle arriverait peut-être à s'en sortir saine et sauve ? Elle se sentait relativement en sécurité en parlant avec lui, bien qu'il ait continué de la dévisager fixement de ses yeux jaunâtres qui la mettaient mal à l'aise.

— Et que faites-vous ici, Korum ?

— Je viens de vous le dire, un brin de causette avec vous, Mia. Il y avait encore un soupçon de moquerie dans sa voix.

Mia se sentit frustrée, elle poussa un nouveau soupir.

— Ou plutôt que faites-vous ici à Central Park ? Et que faites-vous à New York ?

Il sourit une nouvelle fois en penchant la tête légèrement de côté.

— Disons que j'espérais rencontrer une jolie jeune fille aux cheveux bouclés.

Bon, ça suffisait maintenant. Il était clair qu'il se moquait d'elle. Maintenant qu'elle avait un peu repris ses esprits, elle s'aperçut qu'ils étaient là, au beau milieu de Central Park, et devant des millions de témoins. Elle jeta un coup d'œil discret autour d'elle pour en avoir le cœur net. Eh oui, elle avait raison, bien que les gens s'écartent du banc où elle se trouvait avec cet extra-terrestre, plus loin sur le chemin les plus courageux les regardaient fixement. Il y avait même un couple qui les filmait, sans prendre trop de risque, avec la caméra qu'ils avaient au poignet. Si le K devenait trop entreprenant avec elle, en un clin d'œil les images seraient sur YouTube, il le savait bien. Mais comment savoir s'il s'en moquait ou pas ?

Cependant étant donné qu'elle n'avait jamais vu de vidéos où des étudiantes se faisaient agresser par des Ks au beau milieu de Central Park, elle était relativement en sécurité ; Mia prit son ordinateur portable avec précaution et le remit dans son sac à dos.

— Laissez-moi vous aider, Mia.

Avant même qu'elle ne puisse réagir, elle le sentit s'emparer de tout le poids de l'ordinateur, il le prit des mains de Mia devenues inertes et elle sentit alors qu'il lui touchait le bout des doigts. Ce contact provoqua en elle comme une légère décharge électrique et un frémissement nerveux la suivit aussitôt.

Il attrapa son sac à dos et y mit l'ordinateur portable, chacun de ses gestes était précis, doux et d'une grande souplesse.

— Eh bien ! voilà, tout va bien mieux maintenant.

Mon Dieu, il venait de la toucher. Peut-être avait-elle tort de penser qu'on était en sécurité dans les lieux publics. De nouveau, elle sentit sa respiration s'accélérer et son cœur battre la chamade.

— Il faut que j'y aille maintenant, au revoir !

Elle se demanderait toujours comment elle avait réussi à parler sans s'étrangler de terreur. Elle saisit les sangles de son sac à dos qu'il venait de poser par terre et se leva d'un bond, en remarquant au passage qu'elle avait retrouvé l'usage de ses jambes.

— Au revoir, Mia. Et à bientôt !

En partant, elle entendit sa voix légèrement moqueuse qui portait loin — l'air du printemps était si pur —, elle avait tellement hâte d'être loin de lui qu'elle courait presque.

* * *

Si vous souhaitez en savoir plus, veuillez consulter le site internet d'Anna www.annazaires.com/french.html.

À PROPOS DE L'AUTEUR

Anna Zaires a découvert son amour des livres à l'âge de cinq ans, quand sa grand-mère lui a appris à lire. Elle a écrit son tout premier livre bientôt après. Depuis elle a toujours vécu en partie dans un monde de fantaisie dont les seules limites sont celles de son imagination. Elle habite actuellement en Floride et vit heureuse avec son mari Dima Zales, qui écrit des romans de science-fiction et des romans fantastiques, et avec qui elle travaille en étroite collaboration pour chacune de leurs œuvres.

Pour en savoir davantage, rendez-vous sur www.annazaires.com/french.html.

www.ingramcontent.com/pod-product-compliance
Lightning Source LLC
Chambersburg PA
CBHW061018120726
47910CB00006B/2008